倾听茶与诗的不解之缘

领略涤烦益思的品茶之趣

【中国诗词大汇】品读醉美

茶文化诗词

单治国·编著

中国言实出版社

图书在版编目（CIP）数据

品读醉美茶文化诗词 / 单治国编著. -- 北京：中国言实出版社，2021.2
ISBN 978-7-5171-3658-3

Ⅰ.①品… Ⅱ.①单… Ⅲ.①诗词－诗歌欣赏－中国
Ⅳ.①I207.2

中国版本图书馆CIP数据核字（2020）第268662号

责任编辑 郭江妮
责任校对 代青霞

出版发行 中国言实出版社
地 址：北京市朝阳区北苑路 180 号加利大厦 5 号楼 105 室
邮 编：100101
编辑部：北京市海淀区花园路 6 号院 B 座 6 层
邮 编：100088
电 话：64924853（总编室） 64924716（发行部）
网 址：www.zgyscbs.cn
E-mail：zgyscbs@263.net
经 销 新华书店
印 刷 北京市兴怀印刷厂
版 次 2021 年 10 月第 1 版 2021 年 10 月第 1 次印刷
规 格 880 mm×1230 mm 1/32 8 印张
字 数 206 千字
定 价 42.80 元 ISBN 978-7-5171-3658-3

中国是茶叶的故乡，茶文化源远流长，而茶和诗这两样东西是从来都分不开的，诗因茶而清，茶有诗而雅。茶诗，以茶为本，以诗为体，是中国茶文化和诗文化相结合的产物。无数诗人把茶叶、茶器、茶情等用诗与词的形式吟唱出来。有关茶的诗词不可胜数，这是中华茶文化中一笔彪炳千古的宝贵财富。

最早表现茶的诗歌，可以追溯到2700年前的《诗经》。在《诗经》产生的时代还没有“茶”字。“荼之始，其字为荼”，“茶”字是到了唐代才有的。《诗经》之《七月》云：“采荼薪樗，食我农夫。”晋代文人杜育的《荈赋》中客观描写了茶叶的生长、采摘和煮饮的情景。唐朝是我国诗的极盛时代，此时适逢陆羽《茶经》问世，饮茶之风兴起。唐代茶诗中最负盛名的当数卢仝的《走笔谢孟谏议寄新茶》，诗中描写了七碗茶不同的精彩感受：“一碗喉吻润，二碗破孤闷。三碗搜枯肠，唯有文字五千卷。四碗发轻汗，平生不平事，尽向毛孔散。五碗肌骨清，六碗通仙灵。七碗吃不得也，唯觉两腋习习清风生。”卢仝七碗茶的描写形象逼真、栩栩如生，对茶的饮用功能、审美价值以及中国的茶道、中国人的饮茶心理和文化心态表现得淋漓尽致。到了宋代，饮茶之风更盛。王公贵族经常举行茶宴，皇帝用贡茶设宴招待大臣，文人学士烹泉煮茗相聚吟咏，由此出现了大量的茶诗茶歌，有的还采用了词

这种当时新兴的文学方式。苏轼的《汲江煎茶》描写了从取水、煎茶到饮茶的全过程，同时在《种茶》一诗中，苏轼描写了自己如何移栽一棵老茶树的过程。黄庭坚的《品令·茶词》中对分茶、碾茶、煮茶过程及心境的描写，表现了品茶过程中此人的享受："凤舞团团饼。恨分破、教孤令。金渠体净，只轮慢碾，玉尘光莹。汤响松风，早减了、二分酒病。"元代和明代诗人的咏茶诗也不少，如谢宗可的《雪煎茶》描写以雪代水煮茶、茶叶无比清新的情趣；高启的《采茶词》吟咏了采茶女劳动的情景及茶农的生活，寄寓了诗人对茶农深深的同情。在民间，勤劳的茶农则在辛苦耕耘之后，以唱歌唱戏的方式来解除疲乏，久而久之，采茶诗、采茶歌便成为了各地民俗的一部分。清代的汪士慎在试饮安徽泾县新茶之后，顿觉六腑芬芳，诗兴大发，挥笔写下《幼孚斋中试泾县茶》。

茶诗作为一种文化现象，与我国人民的生活密切相关。中国人的生活，除柴米油盐酱醋以外，必须有茶，茶既是物质的，又是精神的。茶文化诗词是古代文明与现代文明的结晶，是推动社会进步的巨大精神力量。在茶文化日渐兴盛的今天，重新阅读这些茶文化诗词，给人以美的享受，从而极大地丰富了现代人的精神文化生活。

编　者

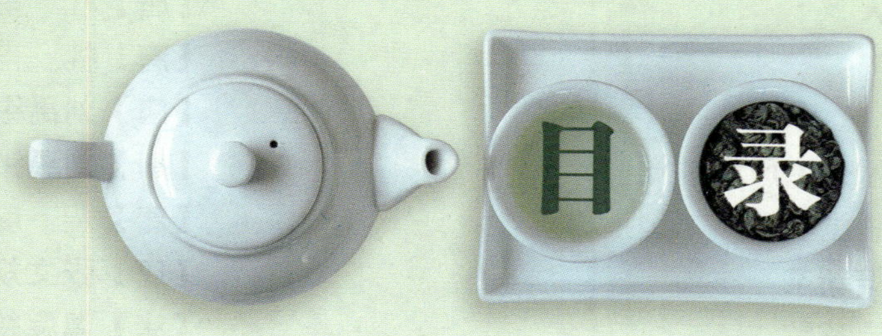
目
录

附 录

一七令·茶

【唐】元稹

茶。
香叶，嫩芽。
慕诗客，爱僧家。
碾雕白玉①，罗织红纱②。
铫③煎黄蕊色，婉转曲尘花④。
夜后邀陪明月，晨前独对朝霞。
洗尽古今人不倦，将知醉后岂堪夸。

【注　释】

①碾雕白玉：茶碾是白玉雕成的。
②罗织红纱：茶筛是红纱制成的。
③铫（diào）：煮开水熬东西用的器具，这里指煎茶器具。
④曲尘花：茶汤上面的浮沫。

作者名片

元稹（779—831），字微之，别字威明，唐洛阳人（今河南洛阳）。幼年丧父，家境比较贫困。15岁参加科举考试，明经及第。唐宪宗元和初，应制策第一，任左拾遗，历监察御史等职。曾因劾奏剑南东川节度使严砺等人的不法行为，得罪权贵，被贬为江陵士曹参军。他遭到这次打击后，转与宦官和权贵妥协，并通过宦官崔潭峻等人的推荐，得到穆宗李恒的重用，一度出任宰相。不久，调任同州刺史。文宗

太和时，任武昌军节度使，死于任上，年53。元稹是新乐府运动的倡导者和中坚力量，与白居易齐名，世称“元白”，诗作号为“元和体”。其诗辞浅意哀，仿佛孤凤悲吟，极为扣人心扉，动人肺腑。元稹的创作，以诗成就最大。其乐府诗创作，多受张籍、王建的影响，而其“新题乐府”则直接缘于李绅。

译　文

茶。味香，形美。诗人喜欢茶的高雅，僧家看中茶的脱俗。烹茶时，先用白玉雕成的茶碾把茶叶碾碎，再用红纱制成的茶筛把茶筛分。煎出柔和美丽的黄色后，再小心地撇去茶沫。深夜泡上一杯可与明月对饮，早上泡上一杯可以笑看朝霞。不论古人或今人，饮茶都会感到精神饱满，特别是酒后喝茶有助醒酒。

赏析

一字至七字诗，俗称宝塔诗，在中国古代诗中极为少见。元稹的这首宝塔诗，主要表达了三层意思：一是从茶的本性谈到人们对茶的喜爱；二是从茶的煎煮谈到人们的饮茶习俗；三是茶的功用。诗开头，就点出了主题是茶。接着写了茶的本性，即味香和形美。第三句是倒装句，说茶深受“诗客”和“僧家”的爱慕，茶与诗，总是相得益彰的。第四句写的是烹茶，因为古代饮的是饼茶，所以先要用白玉雕成的碾把茶叶碾碎，再用红纱制成的茶筛把茶筛分。第五句写烹茶先要在铫中煎成“黄蕊色”，然后盛在碗中撇去浮沫。第六句谈到饮茶，不但夜晚要喝，而且早上也要饮。到结尾时，指出茶的妙处，不论古人或者今人，饮茶都会感到精神饱满，特别是酒后饮茶有助醒酒。

山泉煎茶有怀[1]

【唐】白居易

坐酌泠泠[2]水，
看煎瑟瑟尘[3]。
无由[4]持一碗，
寄与爱茶人。

【注　释】

①有怀：怀念亲朋至友。
②泠泠：清凉。
③瑟瑟：碧色。尘：研磨后的茶粉（按，唐代中国茶为粉茶，也就是日本学去的抹茶，所以用尘来形容）。
④无由：不需什么理由。

作者名片

白居易（772—846），字乐天，号香山居士，又号醉吟先生，祖籍太原，到其曾祖父时迁居下邽，生于河南新郑。白居易是唐代伟大的现实主义诗人，唐代三大诗人之一。白居易与元稹共同倡导新乐府运动，世称“元白”，与刘禹锡并称“刘白”。白居易的诗歌题材广泛，形式多样，语言平易通俗，有“诗魔”和“诗王”之称。官至翰林学士、左赞善大夫。公元846年，白居易在洛阳逝世，葬于香山。有《白氏长庆集》传世，代表诗作有《长恨歌》《卖炭翁》《琵琶行》等。

译　文

坐着倒一鼎清凉的水，看着正在煎煮的碧色茶粉细末如尘。
手端着一碗茶无须什么理由，只是就这份情感寄予爱茶之人。

赏析

这首诗生动地描述了泉边煮茶的情景以及作者的有感而发。

前两句是一组对仗十分工整的对偶句，“坐酌”与“看煎”，“泠泠”与“瑟瑟”。由此可见，诗人注意遣词造句，给人一个非常生动具体的意象，描述的是煮茶的“情景”。后两句是诗人的抒情，通过抒发对茶的情感来表达自己对知心人的渴望，强烈的感情中带着丝丝的哀伤，从而体现诗人对远方知己的极度想念。

这么好的泉水，这么好的茶叶，可惜不能寄给爱茶的人，表达了对故人的怀念。当然，这故人是跟自己一样的“爱茶人”，而不是世俗之人。

琴　茶

【唐】白居易

兀兀①寄形群动内，陶陶②任性一生间。
自抛官后春多醉，不读书来老更闲。
琴里知闻唯渌水，茶中故旧是蒙山。
穷通行止③长相伴，谁道吾今无往还？

【注　释】

①兀兀：性格高标而不和于俗。
②陶陶（yǎo yǎo）：和乐貌，《诗经・国风・王风・君子阳阳》：“君子陶陶”。
③穷：报国无门。通：才华得施。行：政见得用。止：壮志难酬。

译文

性格高标，寄身人群之内，和乐任性地度过一生。

辞官退隐之后尽可春眠做梦；年事已高，再无为博功名而读诗书之累，更觉闲暇自得。

弹一弹琴，只听《渌水》古曲，喝茶还是喜欢“老朋友”蒙山茶。

“穷”“通”“行”“止”经常相伴左右，难道我今天还不能回长安吗？

赏析

白居易晚年赋闲东都，作《琴茶》一诗，表达了自己“达则兼济天下，穷则独善其身”的观点。

首联写自己生性开朗，旷达洒脱，与官场中的风气相悖，不为官场所容。

“抛官”指辞官，退隐之后无早朝之扰，尽可春眠；年事已高，再无为博功名而读诗书之累，更觉逍遥自在。

颔联极写赋闲后的惬意之状。

颈联起句写琴，古琴曲《渌水》为诗人之所爱，诗人提此曲是为了表明平和的心境。次句写茶，“蒙山”指蒙山茶，产于雅州名山县（今属四川），蒙顶山区。

相传西汉年间，吴理真禅师亲手在蒙顶上清峰甘露寺植仙茶七株，饮之可成地仙。诗人举此茶，以表明自己超然的思想。

尾联他仍表达了自己壮志难酬的感叹和欲展宏图的期望。末句表达了诗人想返回长安为国效力的愿望，但诗人最终亦未能再进京，令人遗憾。

夜闻贾常州崔湖州茶山境会亭①欢宴

【唐】白居易

遥闻境会茶山夜，珠翠歌钟②俱绕身。
盘下中分两州界③，灯前各作一家春④。
青娥⑤递舞应争妙，紫笋齐尝各斗新⑥。
自叹花时北窗⑦下，蒲黄⑧酒对病眠人。

【注　释】

①贾常州崔湖州：分别为常州刺史、湖州刺史。境会亭：浙江长兴、江苏宜兴交界处，唐代建有境会亭。
②珠翠：珍珠和翡翠，妇女饰物。歌钟：即编钟。
③盘下中分两州界：茶盘中放着湖州、常州出产的茶叶，各有特色，界限分明。
④灯前各作一家春：湖州人、常州人灯前一起品茶。
⑤青娥：美貌少女。
⑥紫笋齐尝各斗新：大家一起品尝各地“紫笋茶”，比较其质量高低。紫笋茶，唐代著名的贡茶，产于浙江长兴顾渚山和江苏宜兴的接壤处。
⑦北窗：即北堂。
⑧蒲黄：中草药名。

译　文

远远地听说境会亭的茶宴夜夜笙歌，编钟嘹亮，载歌载舞，珠光宝气，热闹非凡。

茶盘从中间分开，一边是常州的名茶，一边是湖州的名茶，参加宴会的人在灯光下各自品饮常州茶和湖州茶。

美貌的少女依次翩翩起舞，舞姿优美，想来是为了比个高低，大家一起品尝各种“紫笋茶”，比较其新嫩程度，品质高低。

如此盛会，我却只能静静地躺在北屋的床上独自叹息，夜深人静却还没有睡意，只能喝着蒲黄药酒，静养身体。

赏析

江南太湖周围湖州、常州等州郡多产名茶。唐代时，湖州的紫笋茶和常州的阳羡茶最为著名，深受皇帝和权贵官戚的喜爱。贡茶制度建立以后，紫笋茶和阳羡茶都被列为贡茶。湖州刺史和常州刺史每年早春都要在两州毗邻的顾渚山境会亭举办盛大茶宴，邀请当时的社会名流共同品尝和审定贡茶的质量。宝历（825—827）年间，常州贾刺史和湖州崔刺史共同邀请时任苏州刺史的白居易赴境会亭茶宴，可是白居易因病不能参加，于是写下了这首《夜闻贾常州崔湖州茶山境会亭欢宴》，表达出自己对不能参加这次茶山盛宴的惋惜之情。

白居易把自己创作的诗歌分为四类：讽喻诗、闲适诗、感伤诗和杂律诗，每类都有佳作。《夜闻贾常州崔湖州茶山境会亭欢宴》是常为人们所传诵的咏茶名篇，描写两郡太守在境会亭欢宴的情景，是白居易闲适诗中的优秀作品。

谢李六郎中寄新蜀茶[1]

【唐】白居易

故情周匝向交亲[2]，新茗分张及病身[3]。
红纸一封书后信[4]，绿芽十片火前春[5]。
汤添勺水煎鱼眼[6]，末下刀圭[7]搅曲尘[8]。
不寄他人先寄我，应缘我是别茶人[9]。

【注　释】

①李六郎中：李景俭，忠州刺史。蜀茶：蜀地所产的茶，“蜀”为今四川省。
②周匝：这里作“完全”讲。这句是说：过去的感情完全是因为向来彼此交往亲密。
③新茗：新茶，诗中指来自峨眉山的春茶，如峨眉雪芽、峨眉毛峰、竹叶青等。分张：分给。病身：白居易自称病身。
④后信：收到书信以后收到了茶叶。
⑤绿芽十片：唐代制茶要经过蒸、捣、拍、烘等工序，制成的茶呈团饼状，又称片茶。绿芽十片即十块团饼茶。火前：禁火的清明寒食节令之前，火前春即明前茶。
⑥鱼眼：水初沸时出现的小气泡，称“蟹眼”；以后出现稍大的气泡称“鱼眼”。“鱼眼”是水初沸。
⑦刀圭：古代量取药末的用具，像小汤匙。这里的“刀圭”被用来量取茶末。
⑧曲尘：指造酒产生的细菌，这里指碾碎后用箩筛过的茶叶细末，把置于壶内的茶叶细末用小汤匙搅动。
⑨应缘：大概是因为。别茶人：能鉴别茶叶品质优劣的人。

译　文

李六郎中向来与我相交甚好，新茶一下来就想到分送给我这个抱病在家的人。

红纸的包裹里附着问候的书信，里面是清明前用新芽制作的十块团饼茶。

取来煮茶的工具，煎水煮茶，用器具将茶碾成颗粒状，把茶叶细末用小汤匙搅动。

这么好的茶不先给别人却先寄给了我，想必知道我是能鉴别茶叶品质优劣的人。

〔赏析〕

白、李为同乡少年好友，平素交往亲密。

白居易被贬谪江州司马后，收到忠州刺史李景俭（李六郎中）从蜀地寄来新茶，由此诗人白居易作诗以示酬谢。

“故情”二字对诗人及李六郎中关系的简单描述，表明两人是老相识。在“新茗分张”时，李能第一时间想到诗人，可见二人交情不浅。“病身”是形容诗人此刻身体抱恙的状态，隐含诗人在贬谪后，身处贫病交加的窘境。

清明节本应是扫墓祭奠已亡亲人的时节，此时的诗人被贬谪后孤身一人卧病在床，极其孤寂冷清。令他欣慰的是，在清明前夕收到书信和新茶，且用红纸包裹，形成了强烈的反差，一丝温暖的情谊饱含其中。

“汤添勺水煎鱼眼，末下刀圭搅曲尘”一句是对诗人拿到新茶后，迫不及待地想要炙之、解之、碾之、罗之、煎之的描写。从这一套完善的煎茶法中不难看出，诗人对茶道的熟知及对茶的喜爱。

“别茶人”三个字是给予自己的评价。因为懂得品茶，所以才能在起起落落的仕途中宠辱不惊，将生活所有的不惑在茶的苦涩和清香中释然。茶于他，就是生命的一部分，而他也就成了当之无愧的“别茶人”。

食后

【唐】白居易

食罢一觉睡，起来两瓯[①]茶。
举头看日影，已复西南斜。
乐人惜日促，忧人厌[②]年赊[③]。
无忧无乐者，长短任生涯。

【注释】

①瓯（ōu）：杯子。
②厌：厌恶。
③年赊：时间过得太慢。

译文

吃完睡一觉，睡完了起来喝两碗茶。抬头看看日头，又到了西下的时候。乐观的人可惜这日子过得可真快啊，悲观的人厌恶这日子怎么就那么慢呢。那些无喜无怒的人，也不在乎时间的长短了，一切就顺应自然吧！

赏析

此诗表达了诗人对闲适生活的追求和向往，同时把茶与人生作比较，抒发了不以物喜、不以己悲的豁达情怀，以及不受喜怒哀乐的困扰，坦然面对人生的积极的生活态度。

走笔谢孟谏议寄新茶[①]

【唐】卢仝

日高丈五睡正浓，军将打门惊周公[②]。
口云谏议送书信，白绢斜封三道印。
开缄宛见[③]谏议面，手阅月团[④]三百片。
闻道新年入山里，蛰虫[⑤]惊动春风起。
天子须尝阳羡[⑥]茶，百草不敢先开花。

仁风暗结珠琲瓃[7]，先春抽出黄金芽。
摘鲜焙芳旋封裹，至精至好且不奢。
至尊之余合王公，何事便到山人家。
柴门反关无俗客，纱帽笼头[8]自煎吃。
碧云引风[9]吹不断，白花[10]浮光凝碗面。
一碗喉吻润，两碗破孤闷。
三碗搜枯肠，唯有文字五千卷。
四碗发轻汗，平生不平事，尽向毛孔散。
五碗肌骨清，六碗通仙灵。
七碗吃不得也，唯觉两腋习习清风生。
蓬莱山，在何处？
玉川子，乘此清风欲归去。
山上群仙司下土，地位清高隔风雨。
安得知百万亿苍生命，堕在巅崖受辛苦。
便为谏议问苍生，到头还得苏息否？

【注　释】

①走笔：谓挥毫疾书。孟谏议：即孟简，生平不详。谏议，朝廷言官名。
②打门：叩门。周公：指睡梦。《论语·述而》：“子曰：甚矣吾衰也，久矣，吾不复梦周公！”后代即把梦周公作为睡梦的代称。
③开缄：打开信。宛见：如见。
④月团：指茶饼。茶饼为圆状，故有此称。
⑤蛰虫，蛰伏之虫，如冬眠的蛇之类。
⑥阳羡：地名，古属今江苏常州。
⑦琲瓃，珠玉，喻茶之嫩芽。
⑧纱帽笼头：纱帽于隋唐以前为贵胄官吏所用，隋唐时则为一般士大夫的普通服饰。有时亦指普通人的纱巾之类。
⑨碧云：指茶的色泽。风：指煎茶时的滚沸声。
⑩白花：指煎茶时浮起的泡沫。

作者名片

卢仝（tóng）（约 795—835），唐代诗人，初唐四杰卢照邻之孙。出生于河南济源市武山镇思礼村，祖籍范阳（今河北省涿州）人。早年隐少室山茶仙泉，后迁居洛阳。自号玉川子，破屋数间，图书满架，邻僧赠米，刻苦读书，博览经史，工诗精文，不愿仕进，被尊称为“茶仙”。性格“高古介僻，所见不凡近”，狷介类孟郊；雄豪之气近韩愈。韩孟诗派重要人物。835 年十一月，死于甘露之变。卢仝的诗作对当时腐败的朝政与民生疾苦均有所反映，风格奇特，近似散文。现存诗 103 首，有《玉川子诗集》。

译　文

太阳已高高升起睡意依然很浓，这时军将敲门把我从梦中惊醒。
口称是孟谏议派他前来送书信，还有包裹用白绢斜封加三道印。
我打开书信宛如见了谏议的面，翻检包裹有圆圆的茶饼三百片。
听说每到新年茶农进山里采茶，蛰虫都被惊动春风也开始吹起。
因为天子正在等待品尝阳羡茶，百草都不敢先于茶树贸然开花。
和风吹起来茶树好像长出蓓蕾，原来是春天之前发出的黄嫩芽。
摘下新鲜的茶芽烘焙随即封裹，这种茶叶品位极好很少见到它。
茶叶供奉皇帝之余还献给王公，怎么还能够送到我这山人之家。
我关上柴门室中没有一位俗客，头上戴着纱帽来给自己煎茶吃。
碧绿的茶水上面热气蒸腾不断，茶汤里细沫漂浮白光凝聚碗面。
喝第一碗唇喉都湿润，喝第二碗去掉了烦闷。
第三碗刮干我的胃肠，最后留下的只有文字五千卷。
第四碗后发出了轻汗，平生遇见的不平之事都从毛孔中向外发散。
第五碗骨健又兼身清，第六碗好似通了仙灵。

第七碗已经吃不得了，只觉得两腋下微风吹拂要飞升。
蓬莱山，在何处？
玉川子，要乘此清风飞向仙山去。
山上群仙掌管人间土，高高在上与人隔风雨。
哪里知道有千百万百姓的生命，堕在山巅悬崖受辛苦！
顺便替谏议探问百姓，到头来能得到喘息吗？

赏析

这首玉川茶歌，与陆羽《茶经》齐名。

全诗可分为三段。

第一段分两层。第一层为头两句：送茶军将的叩门声惊醒了他的睡梦。军将是受孟谏议派遣来送信和新茶的，他带来了一包白绢密封并加了三道泥印的新茶。读过信，亲手打开包封，并且点视了三百片圆圆的茶饼。密封、加印以见孟谏议之重视与诚挚；开缄、手阅以见作者之珍惜与喜爱。字里行间流露出两人的互相尊重与真挚友谊。第二层写茶的采摘与焙制，以烘托所赠之茶是珍品。头两句说采茶人的辛苦。三、四句天子要尝新茶，百花因此不敢先茶树而开花。接着说帝王的“仁德”之风，使茶树先萌珠芽，抢在春天之前就抽出了金色的嫩蕊。以上四句，着重渲染珍品的“珍”。以下四句，说像这样精心焙制、严密封裹的珍品，本应是天子王公们享受的，如今竟到这山野人家来了。在最后那个感叹句里，既有微讽，也有自嘲。用朴素的铺叙，给人以亲切之感。诗中虽然出现了天子、仁风、至尊、王公等字样，但并无谄媚之意，而在“何事”一句中，却把诗人自己和他们区别开来，把他划入野人家中。作为一个安于山林、地位卑微的诗人，他有一种坦直淡泊的胸襟。卢仝一生爱茶成癖。茶对他来说，不只是一种口腹之欲，茶似乎给他创造了一片广阔的天地，似乎只有在这片天地中，他那颗对人世冷暖的关注之心，才能略微有所寄托。

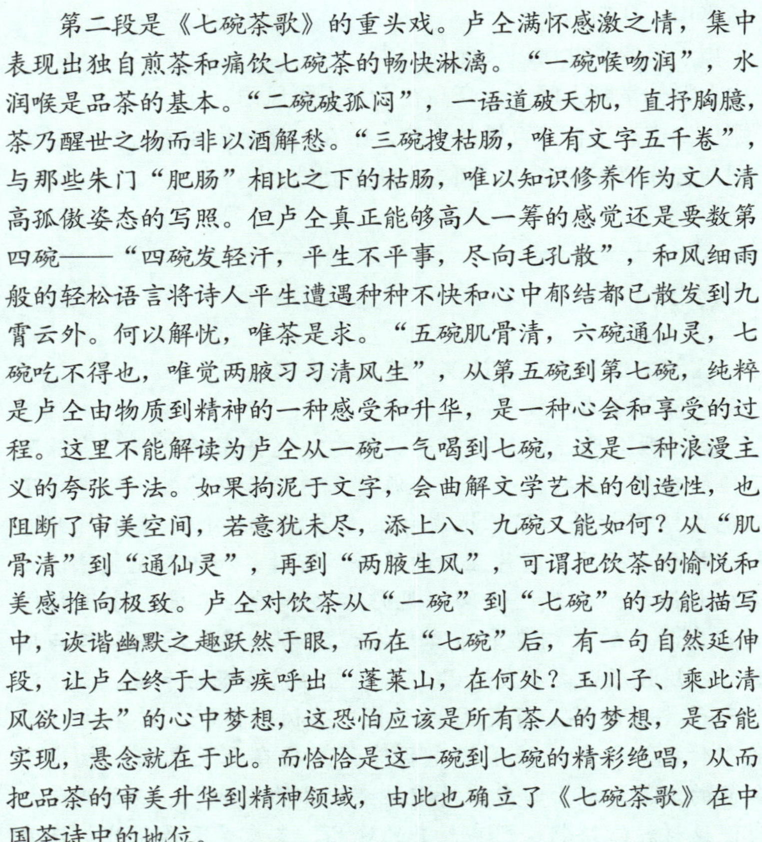

第二段是《七碗茶歌》的重头戏。卢仝满怀感激之情，集中表现出独自煎茶和痛饮七碗茶的畅快淋漓。“一碗喉吻润”，水润喉是品茶的基本。“二碗破孤闷”，一语道破天机，直抒胸臆，茶乃醒世之物而非以酒解愁。“三碗搜枯肠，唯有文字五千卷”，与那些朱门“肥肠”相比之下的枯肠，唯以知识修养作为文人清高孤傲姿态的写照。但卢仝真正能够高人一筹的感觉还是要数第四碗——“四碗发轻汗，平生不平事，尽向毛孔散”，和风细雨般的轻松语言将诗人平生遭遇种种不快和心中郁结都已散发到九霄云外。何以解忧，唯茶是求。“五碗肌骨清，六碗通仙灵，七碗吃不得也，唯觉两腋习习清风生”，从第五碗到第七碗，纯粹是卢仝由物质到精神的一种感受和升华，是一种心会和享受的过程。这里不能解读为卢仝从一碗一气喝到七碗，这是一种浪漫主义的夸张手法。如果拘泥于文字，会曲解文学艺术的创造性，也阻断了审美空间，若意犹未尽，添上八、九碗又能如何？从“肌骨清”到“通仙灵”，再到“两腋生风”，可谓把饮茶的愉悦和美感推向极致。卢仝对饮茶从“一碗”到“七碗”的功能描写中，诙谐幽默之趣跃然于眼，而在“七碗”后，有一句自然延伸段，让卢仝终于大声疾呼出“蓬莱山，在何处？玉川子、乘此清风欲归去”的心中梦想，这恐怕应该是所有茶人的梦想，是否能实现，悬念就在于此。而恰恰是这一碗到七碗的精彩绝唱，从而把品茶的审美升华到精神领域，由此也确立了《七碗茶歌》在中国茶诗中的地位。

第三段是诗人以悲悯之心对采茶人寄予深切的同情，表露出关爱茶农的一片赤子之心。卢仝除了着重强调品茶的审美、功能和愉悦外，更把品茶的境界放眼到饮水不忘挖井人的感恩与同情，放眼到天下百万茶农的艰辛劳作。天子杯中茶，却为茶农汗。在此卢仝质问有二：一问统治阶级能不能体恤民情和茶农之疾苦生活；二问采用代问式，代好友孟谏议问上苍，天下百姓在水深火热中的生活何时才能走到终点？卢仝之所以为茶农呼喊，实际上也针对当时朝廷的课税制度。自公元782年，户部侍郎赵赞《茶禁》出台，在“税天下茶漆竹木，十取一”之后，茶税遍行。朝廷加税开征“贡茶”，负担和压力全部落在茶农身上。天子须尝茶，地方官不敢怠慢，有此溜须拍马机会，总也想挖空心思弄出点新奇的“崖上茶”“山巅茶”来孝敬皇上。为此，常常发生茶农因攀爬悬崖采茶而坠落山谷的悲惨之事。“安得知百万亿苍生命，堕在巅崖受辛苦”，为之而呼喊的卢仝，实则是把读者导引到为民请愿、为茶农分忧的主题思想。

第二段是作者着力之处，也是全诗重点及诗情洋溢之处。第三段忽然转入为苍生请命，转得干净利落，却仍然保持了第二段以来的饱满酣畅的气势。

饮茶歌诮[1]崔石使君

【唐】皎然

越[2]人遗我剡溪[3]茗，采得金芽爨[4]金鼎。
素瓷雪色缥沫香[5]，何似诸仙琼蕊[6]浆。
一饮涤昏寐，情来朗爽满天地。
再饮清我神，忽如飞雨洒轻尘。
三饮便得道，何须苦心破烦恼。
此物清高世莫知，世人饮酒多自欺。
愁看毕卓[7]瓮间夜，笑向陶潜篱下时。
崔侯啜之意不已，狂歌一曲惊人耳。
孰知茶道全尔真，唯有丹丘[8]得如此。

【注　释】

①诮（qiào）：原意是嘲讽。这里的“诮”字不是贬义，而是带有诙谐调侃之意，是调侃崔石使君饮酒不胜茶的意思。崔石约在贞元初任湖州刺史，僧皎然在湖州妙喜寺隐居。

②越：古代绍兴。

③剡（shàn）溪：水名，剡溪位于浙江东部，又名剡江、剡川，乃千年古水。自新昌至溪口，环绕会稽、四明和天台三座名山蜿蜒而来，其间清流奔腾风光惊艳。剡溪茶因皎然此诗得以扬名。但此处剡溪应特指嵊州。

④爨（cuàn）：炊也，“取其进火谓之爨”。此处当烧、煮茶之意。

⑤缥（piāo）沫香：青色的沫饽。

⑥琼蕊：琼树之蕊，服之长生不老。

⑦毕卓：晋朝人，是个酒徒。一天夜里，他循着酒香，跑去偷喝了人家的酒，醉得不省人事，被伙计们捆起放在酒瓮边。次日掌柜见捆的是州郡吏部郎，哭笑不得，此事被传为笑谈。

⑧丹丘：即丹丘子，传说中的神仙。

作者名片

皎然（约720—803），俗姓谢，字清昼，湖州（浙江吴兴）人，是中国山水诗创始人谢灵运的十世孙，唐代著名诗人、茶僧，吴兴杼山妙喜寺住持，在文学、佛学、茶学等方面颇有造诣。与颜真卿、灵澈、陆羽等和诗，现存470首诗，多为送别酬答之作。情调闲适，语言简淡。有诗歌理论著作《诗式》存世。

译　文

越人送给我剡溪名茶，采摘下茶叶的嫩芽，放在茶具里烹煮。

白瓷碗里漂着青色的沫饽的茶汤，如长生不老的琼树之蕊的浆液从天而降。

一饮后洗涤去昏寐，神清气爽情思满天地。

再饮清洁我的神思，如忽然降下的飞雨落洒于轻尘中。

三饮便得道全真，何须苦心费力地去破烦恼。

这茶的清高世人都不知道，世人都靠喝酒来自欺欺人。

愁看毕卓贪图饮酒夜宿在酒瓮边，笑看陶渊明在东篱下所作的饮酒诗。

崔使君饮酒过多之时，还会发出惊人的狂歌。

谁能知饮茶能得全面又真正的道？只有传说中的仙人丹丘子了解。

赏析

这是一首浪漫主义与现实主义相结合的诗篇，是诗人在饮用越人赠送的剡溪茶后所作。他激情满怀，文思似泉涌井喷，从友赠送剡溪名茶讲到茶的珍贵，赞誉剡溪茶（产于今浙江嵊县）清郁隽永的香气、甘露琼浆般的滋味，在细腻地描绘茶的色、香、味、形后，又生动描绘了一饮、再饮、三饮的感受，然后急转到“三饮”之功能。“三饮”神韵相连，层层深入扣紧，把饮茶的精神享受做了最完美最动人的歌颂。

这首诗给人留下两层意义：一是“三饮”之说。当代人品茶每每引用“一饮涤昏寐”“再饮清我神”“三饮便得道”的说法。“品”字由三个“口”组成，而品茶一杯须作三次，即一杯分三口品之；二是“茶道”由来缘于此诗，意义非凡。茶叶出自中国，茶道亦出自中国。“茶道”之“道”非道家的“道”，而是集儒、释、道三教之真谛。儒主“正”，道主“清”，佛主“和”，茶主“雅”，构成了中国茶道的重要内涵。皎然首标“茶道”，使茶道从一开始就蒙上了浓厚的宗教色彩，是中唐以湖州为中心的茶文化圈内任何僧侣、文人所不可匹敌的。结合皎然其他重要茶事活动，可以认为皎然是中国禅宗茶道的创立者。他认为饮茶不仅能涤昏、清神，更是修道的门径，“三饮”便可得道全真。借助于饮茶使思想升华，超越人生，栖身物外，达到羽化成仙或到达参禅修行的美妙境界，是中国古代茶道的主要类型之一。

皎然的“三饮便得道”把饮茶活动作为修行悟道的一条捷径，借助于饮茶活动得到物我两忘的心灵感受，达到仙人境界。

山居示灵澈上人

【唐】皎然

晴明路出山初暖，行踏春芜看茗[1]归。
乍削柳枝聊代札[2]，时窥云影学裁衣。
身闲始觉隳[3]名是，心了方知苦行[4]非。
外物寂中谁似我，松声草色共无机[5]。

【注　释】

①芜：从生的野草。茗：茶芽。
②乍：偶然，忽然。札：古时写字用的小木片，引申为书信。
③隳（huī）：毁坏、除去。
④苦行：指头陀行。
⑤机：此词多义。此处含机巧、机心、机兆、机要等意。

译　文

春日里山间暖山路晴明，茶新发草新长踏青而归。
无意中削柳枝以此代札，偶然间见云影照此裁衣。
身闲处始觉得去名为是，心悟了方知道苦行为非。
禅寂中外物众有谁像我，松树声春草色都无心机。

赏析

这是一首写春天感悟的诗作。诗人从春柳、白云、松声、草色之中，感受到了禅的闲适与自在，并由此突破了种种拘束，达到了适意自由的境界。诗人感叹，正是抛弃了尘世的虚名，他才能如此。作为谢灵运的十世孙，皎然秉承了极高的天赋，其家族或许对他有一番光耀门楣的期许，他却出家了，这的确需要极大的勇气。出家后，他又修了大乘禅，追求心智的开悟，而不是拘于诵经持戒。如今，他终于达到了禅悟的境界，随处自在。

寻陆鸿渐[1]不遇

【唐】皎然

移家虽带郭[2]，野径入桑麻。
近种篱边菊[3]，秋来未著花[4]。
扣门无犬吠，欲去问西家。
报道山中去[5]，归时每日斜[6]。

【注　释】

①陆鸿渐：名羽，终生不仕，隐居在苕溪（今浙江湖州境内），以擅长品茶著名，著有《茶经》一书，被后人奉为“茶圣”“茶神”。
②虽：一作“唯”。带：近。郭：外城，泛指城墙。
③篱边菊：语出陶渊明《饮酒》诗：“采菊东篱下，悠然见南山。”
④著花：开花。
⑤报道：回答道。报：回报，回答。去：一作“出”。
⑥归时每日斜：一作“归来日每斜”。日斜：日将落山，暮时也。

译　文

陆羽把家迁徙到了城郭一带，在乡间小路通向桑麻的地方。
近处篱笆边都种上了菊花，但是到了秋天也没有开花。
敲门后未曾听到一声犬吠，要去向西家邻居打听情况。
邻人回答他到山里去了，归来时怕是要黄昏时分了。

赏析

全诗看似写景，实则写人。

这首诗前四句写陆羽隐居之地的景；后四句写不遇的情况，似都不在陆羽身上着笔，而最终还是为了咏人。偏僻的住处、篱边未开的菊花、无犬吠的门户、西邻对陆羽行踪的叙述，都从侧面刻画出陆羽的疏放不俗。全诗40字，语言清新如话，不加雕饰，淳朴自然，流畅洒脱，别有韵味。

第一、二句是说陆羽把家迁徙到了城郭一带，在乡间的小路通向桑麻的地方。陆羽的新居离城不远，但已很幽静，沿着野外小径，直走到桑麻丛中才能见到。

第三、四句点出诗人造访的时间是在清爽的秋天，自然平淡。陆羽住宅外的菊花，大概是迁来以后才种上的，所以虽然到了秋天，还未曾开花。这两句一为转折，一为承接；用陶诗之典，一为正用，一为反用，却都表现了环境的幽僻。至此，一个超尘绝俗的隐士形象已如在眼前，而诗人访友的兴致亦侧面点出。

第五、六句是说诗人又去敲陆羽的门，不但无人应答，连狗吠的声音都没有。此时的诗人也许有些茫然，有些眷恋不舍，还是问一问西边的邻居吧。一方面，见出作者对陆羽的思慕，表明相访不遇之惆怅；另一方面，则借西家之口，衬托出陆羽高蹈尘外的形象，表明二人相契之根由。同时对诗中所描写的对象即陆羽，并未给予任何直接的刻画，但其品格却呼之欲出，这也正符合禅宗“不着一字，尽得风流”之旨。

第七、八句是邻人的回答：陆羽往山中去了，经常要到太阳西下的时候才回来。“每日斜”的“每”字，活脱脱地勾画出西邻说话时，对陆羽整天流连山水而迷惑不解和怪异的神态，这就从侧面衬托出陆羽不以尘事为念的超凡脱俗的襟怀和风度。

送陆鸿渐山人采茶回

【唐】皇甫曾

千峰待逋客[①]，香茗复丛生。
采摘知深处，烟霞羡独行。
幽期[②]山寺远，野饭[③]石泉[④]清。
寂寂燃灯夜，相思一磬声。

【注　释】

①逋客：避世之人；隐士。
②幽期：隐逸之期约。
③野饭：以素食为主，亦有少量荤腥。
④石泉：山石中的泉流。

作者名片

皇甫曾（约公元756年在世），字孝常，润州丹阳人，皇甫冉之弟。生卒年均不详，约唐玄宗天宝末在世。天宝十二载（753）杨儇榜进士，德宗贞元元年（785）卒。工诗，出王维之门，与兄名望相亚，高仲武称其诗“体制清洁，华不胜文”（《中兴间气集》卷下），时人以比张载、张协、景阳、孟阳。历官侍御史。后坐事贬舒州司马，移阳翟令。《全唐诗》存诗1卷，《全唐诗外编》补诗2首，《唐才子传》传于世。

译　文

远处的青山重峦叠嶂，山上丛生的茶叶正在迎接着避世之人来采摘。
陆鸿渐在山林深处采摘，在烟霞中独自穿行。
住在清幽的山寺，吃着粗淡的饭菜，喝着清冽的山泉水。
在夜里与孤灯独对，在磬声中思念朋友。

赏析

本诗起首言重峦叠嶂间香茗丛生，正等待主人来采摘。“复”字，说明来这里采茶已非首次，“逋客”点明陆鸿渐隐逸身份。领联想象友人独自穿行于烟霞缭绕的深山中时的采茶情景。“羡”字表露诗人亦存有隐逸情怀。其兄皇甫冉有同时作的送别诗，题为《送陆鸿渐栖霞寺采茶》，可见采茶处即栖霞山，栖霞寺乃在栖霞山上。“幽期山寺远，野饭石泉清。”栖霞山自南朝以来即是佛教圣地，而栖霞寺为众寺之首。据传陆羽《茶经》便在此写成。颈联具体描述其恬淡之境。“幽期”有期约或襟期之意，此指深幽之襟怀。陆常居山寺，有出世之想。有此襟期，故所居亦远尘俗，犹陶诗所言“心远地自偏”也。山寺之幽静，石泉之清冽，野饭香茗，隐逸之乐，此正诗人之所以“羡”之者也。“寂寂燃灯夜，相思一磬声。”尾联仍从对面落笔，想象友人于阒寂之夜思念他这位故友。“磬声”即佛家世外之音，深邃而超然。“相思一并磬声”，极静极微，反衬得山寺更为空寂。此磬声之余音袅袅，犹相思之绵绵不绝，可谓余韵清空幽远。

送陆鸿渐栖霞寺采茶

【唐】皇甫冉

采茶非采菉[①]，远远上层崖。
布叶春风暖，盈筐白日斜。
旧知山寺路，时宿野人家。
借问王孙草[②]，何时泛碗花。

【注　释】

①菉：草名。
②王孙草：代指茶叶。

作者名片

皇甫冉（716—769），字茂政，润州丹阳人。唐朝时期大臣，大历十才子之一，晋代高士皇甫谧之后。聪颖好学，10岁能属文，深受张九龄器重。天宝十五载，状元及第，授无锡县尉。大历初年，进入河南尹王缙幕府，历任左拾遗、右补阙。大历四年去世，时年54岁。皇甫冉才华横溢，佳作颇多，留给后人的有《皇甫冉诗集》3卷，《全唐诗》收其诗2卷，补遗7首，共241首。诗歌多写离乱漂泊、宦游隐逸、山水风光。诗风清逸俊秀，深得高仲武赞赏。

译 文

采茶并不是摘草，需要到深山老林悬崖绝壁上去找。
春风里吹生的嫩叶，采满一筐太阳都下山了。
路走得多了越来越熟，走得远了还要在山里借宿一晚。
珍贵的茶叶，什么时候才能到我的茶碗里来呢？

赏析

此诗用了想象的写作手法。想象陆羽到高高的山崖上采茶，在春风中采满一筐茶叶后，晚上沿着山路去山村人家借宿。唐朝时饮茶之风盛行，但开始时是一种不讲口味、解渴式的粗饮。为了改变这种粗放的茶饮方式，陆羽不辞辛劳，跋山涉水，深入茶区，在深山老林、幽谷古寺比较茶叶品种属性，发展种茶、制茶技术，并于780年完成世界上第一部茶学专著——《茶经》。从此，人们将茶的粗饮方式改变为艺术品尝。此诗是皇甫冉避难阳羡山中时所作，真实地反映了陆羽历尽艰辛从事茶叶采摘与研究的过程。

喜园中茶生

【唐】韦应物

洁性不可污，为饮涤尘烦[①]。
此物信灵味[②]，本自出山原[③]。
聊因理郡余[④]，率尔[⑤]植荒园。
喜随众草长，得与幽人[⑥]言。

【注　释】

①涤尘烦：洗去尘俗的烦恼。
②信灵味：信，的确、确实；灵味，善而美好的滋味。
③山原：山冈原野。
④理郡余：处理郡守的闲余时间。
⑤率尔：轻率、随便。
⑥幽人：隐居避世之人，这里是作者自指。

作者名片

韦应物（737—791），字义博，京兆杜陵（今陕西省西安市）人。唐朝时期大臣、藏书家，右丞相韦待价曾孙，宣州司法参军韦銮第三子。韦应物以善于写景和描写隐逸生活著称。个人作品六百余篇。今传《韦江州集》10卷、《韦苏州诗集》2卷、《韦苏州集》10卷。散文仅存1篇。

译　文

茶树新生的茶叶洁净美好，不可亵渎，饮茶可洗去尘俗的烦恼。
泡出来的茶水确实清香美味，它本来是生长在山冈原野的。
暂且趁着处理事务的闲暇时间，随便在荒园种下几棵茶树。

很高兴茶树和百草一样长得很快，制成新茶后邀请几位隐士一起饮茶聊天。

赏析

自古以来，中国的文人墨客都十分喜观饮茶，本诗开篇第一句中，便可深深感觉到诗人韦应物对茶的喜爱及赞美之情。

此诗借茶喻志，看似说茶，实则言人，借茶喻人，不仅是在歌颂茶的品格，更是在形容诗人淡泊明志、宁静致远的高雅情趣。这是通过描写茶树，将人与自然融为一体，使得茶树也被赋予了人的品格。

诗文中的前三句都在描写其茶品性洁；茶功可涤尘烦；茶味非凡，可谓是山中灵芝；茶出产自山区，以及那荒原上栽种的茶树。这一系列的描写都佐证了在中唐时期，不少文人官吏们不仅喜茶，还会自辟茶园，闲暇时更是亲自种茶树，可见这是一个较为普遍的现象。诗人看到茶树勃勃生长，喜在心头，才会有了最后一句“喜随众草长，得与幽人言”的感慨。更是将茶树人格化，来比喻那些洁身自好、人品高洁、不随波逐流的人们，可见诗人爱茶之心溢于言表。

茶诗

【唐】郑愚

嫩芽①香且灵②，吾谓草中英③。
夜臼④和烟捣，寒炉⑤对雪烹⑥。
惟忧⑦碧粉⑧散，常见绿花生。
最是堪珍重⑨，能令睡思⑩清。

【注　释】

①嫩芽：刚萌发出的芽，非常嫩，诗中指鲜嫩的茶芽。
②灵：有灵性，有灵气。
③英：精华，事物最精粹的部分。
④夜臼：指将日间采摘的鲜叶（经蒸煮杀青），连夜用杵与臼将其捣碎、定型、烘焙。
⑤寒炉：寒天的火炉。采摘茶芽的季节为初春万物复苏之时，在夜间还会有少许寒气。
⑥雪烹：用雪水煮茶。初春时节，天气变幻无常，有时会有降雪。
⑦忧：发愁。可忧虑的事。
⑧碧粉：碧绿的茶末，将茶饼捣碾成茶粉。
⑨珍重：重视；爱惜。
⑩睡思：睡意。困倦欲睡的感觉。

作者名片

郑愚，广州香山县人，生卒年不详，唐代香山籍著名诗人。郑愚于唐开成二年（837）的进士，咸通初年（860）授桂管观察史。咸通三年，岭南西道节度使蔡京施行苛政，竟至官逼民反，朝廷命郑愚代之，任邕州刺使兼御史大夫。入为礼部侍郎。黄巢平后，出镇南海，终尚书左仆射。郑愚的诗词作品有《泛石岐海》《醉题广州使院》《茶诗》《拟权龙褒体赠鄠县李令及寄朝右》等。

译　文

刚生长出的鲜嫩茶芽不仅香气超凡，并拥有仙灵之气；我认为此时的茶是万千草木中的奇葩。

迫不及待地将白天采摘的鲜嫩茶芽，在夜间就制作而成，并抓紧将茶饼碾压成茶粉；挑着灯火，完全不顾春寒气，取些雪水，将茶末烹煮。

看到茶粉在茶器中煮的时候，我有些担心水也会变成碧绿色；但茶汤沸腾的时候就应是如此，茶粉在滚水中好像一朵绿色的花儿一样美丽。

此茶汤能使困倦欲睡的感觉完全消失；是提神醒脑、摆脱困乏的必选佳品。

赏析

从此诗中可以看出当初文人墨客对制茶煮茶的追捧。唐代是我国茶文化形成与发展的重要时期。唐代生产的茶类虽然都属蒸青茶类，但茶的形态已有好几种。据茶圣陆羽《茶经》记载有“粗茶、散茶、末茶、饼茶”，其中饼茶是主要形态。无论是民间饮用，还是文人互赠和聚会品饮，饮用的大多也是饼茶。

赠吴官

【唐】王维

长安客舍热如煮，无个茗糜难御暑。
空摇白团[①]其谛苦，欲向缥囊[②]还归旅。
江乡鲭鲊[③]不寄来，秦人汤饼[④]那堪许。
不如侬家任挑达[⑤]，草屩捞虾富春渚[⑥]。

【注 释】

①白团：扇的一种。
②缥（piǎo）囊：以淡青色丝帛制成的盛公文或书的袋子。
③鲭鲊（zhēng zhǎ），腌制的青鱼。
④汤饼：汤煮的面食。
⑤侬家：古代吴人自称。挑达：往来自由貌。
⑥草屩（juē）：草鞋。富春渚（zhǔ）：富春江边。

作者名片

王维（701—761，一说699—761），字摩诘，号摩诘居士，河东蒲州（今山西运城）人，祖籍山西祁县，唐朝诗人。唐肃宗乾元年间任尚书右丞，故世称“王右丞”。王维参禅悟理，学庄信道，精通诗、书、画、音乐等，以诗名盛于开元、天宝间，尤长五言，多咏山水田园，与孟浩然合称“王孟”，有“诗佛”之称。书画各臻其妙，后人推其为南宗山水画之祖。著有《王右丞集》《画学秘诀》，存诗约400首。苏轼评云:“味摩诘之诗，诗中有画；观摩诘之画，画中有诗。”

译　文

长安的旅馆里闷热如煮，也喝不到一杯茶来解暑。
摇着团扇无济于事，真想背上行囊回到家乡。
家乡的鱼鲜也没有带来，北方的汤饼不合胃口。
还不如待在家乡，穿着草鞋在富春江边捞虾钓鱼自由自在呢。

赏析

此诗极力渲染长安客舍盛夏酷暑。“无个茗糜难御暑”，茗糜，亦称茗粥、茶粥，即添加茶叶、姜、盐、红枣、芝麻与米粟、高粱、麦子、豆类等熬制的羹汤。据史料记载，早在西晋元康（292—299）年间，“有蜀妪作茶粥卖之”。与王维同时代的诗人储光羲有《吃茗粥作》诗，可见当时茗粥已比较流行，而喝茗粥确实有生津止渴、清热解暑的功效。现在我国南方和日本的一些地方仍有这种吃法。

滔滔不持戒

【唐】慧寂

滔滔①不持戒，兀兀②不坐禅。
酽茶③三两碗，意在镢头④边。

【注　释】

①滔滔：形容多。
②兀兀：混沌无知的样子。
③酽（yàn）茶：浓茶。
④镢头：锄头。

作者名片

慧寂（840—916，一说 814—890），即仰山慧寂禅师，唐代著名高僧，沩仰宗的创始人之一，俗姓叶，韶州浈昌（今广东南雄）人，一说韶州怀化（今广东番禺）人。17 岁出家，依南华寺通弹师削发为沙弥。受具足戒后，初谒耽源。从学数年，后参沩山灵络禅师，从学十余年。后住袁州仰山（今江西宜春），世称“仰山慧寂”。

译　文

很多时候都不持戒，也混沌无知不坐禅。
喝个两三碗浓茶，只想着拿着锄头干农活。

赏析

该诗刻画了一个不持戒、不坐禅，却整天饮茶、做农活的僧人，体现出诗人学禅不拘泥于形式，而在于领会禅意的思想。另外，以喝浓茶、扛镢头代替了持戒、坐禅，也反映了作者对“平常心”的追求。这蕴含其中的多义性，无疑使得全篇语意丰厚，思理深微。

晚过盘石寺礼郑和尚

【唐】岑参

暂诣[①]高僧话，来寻野寺孤。
岸花藏水碓[②]，溪竹映风炉[③]。
顶上巢新鹊，衣中得旧珠。
谈禅未得去，辍棹[④]且踟蹰[⑤]。

【注 释】

①诣：往，到。
②水碓（duì）：利用水力舂米的工具。
③风炉：煮茶所用的火炉。
④辍棹（chuò zhào）：停船。
⑤踟蹰（chí chú）：徘徊不进，犹豫。

作者名片

岑参（约715—770），荆州江陵（今湖北江陵县）人或南阳棘阳（今河南南阳市）人，唐代诗人，与高适并称“高岑”。岑参早岁孤贫，从兄就读，遍览史籍。唐玄宗天宝三载（744）进士，初为率府兵曹参军。后两次从军边塞，先在安西节度使高仙芝幕府掌书记；天宝末年，封常清为安西北庭节度使时，为其幕府判官。代宗时，曾官嘉州刺史（今四川乐山），世称“岑嘉州”。大历五年（770）卒于成都。

译 文

忙里偷闲来到庙里来与郑和尚一起谈禅。

岸边的芦花丛中传来水碓声，碧绿的溪竹与煮茶的袅袅青烟相映成趣。

郑和尚坐禅入定，鹊鸟都在他的头顶上筑了巢，与他谈禅让我恍有所悟。

禅师的一番话让我陡然醒悟，沉浸在禅悟的喜悦之中，迟迟不愿意归去。

赏析

岑参与高适同为盛唐时有名的边塞诗人，惯于描写西北边境荒凉的自然环境和恶劣的天气。此诗中的盘石寺，显然也是一座荒郊野外孤独的寺庙，但“岸花藏水碓，溪竹映风炉”，表明饮茶在此也很盛行。

此诗八句，层次清晰。首联交代缘起。“暂”即暂且，有忙里偷闲的意思。“诣”字表明作者对郑和尚的尊敬、膜拜之情。“高僧”即指郑和尚，赞美他有很高的修行。“话”，动词，即第七句的“谈禅”。“来寻”两字，见诗人着急的心情，以及兴致极高。寺而曰“野”曰“孤”，则其脱尘远俗自不在话下。

领联写寻访的经过。“岸花藏水碓”，暗示这是乘舟寻访，所以才会注意岸花，才能发现岸花覆盖着利用水力舂米的工具水碓。顺着水碓声寻去，岸边是一片竹林。“溪竹映风炉”，这句写上岸后寻访所见之景。碧绿的溪竹与煮茶的袅袅青烟相映成趣，而茶与禅理也正有着千丝万缕的联系。且水碓、风炉皆山寺常有之景致，可见这两句虽未点明野寺，实际上野寺已跃然纸上了。

颈联禅意最浓。“顶上巢新鹊”，这是写郑和尚入定后心神凝一、迥忘外物的情态。这句说，入定时的郑和尚形如枯木，在他头顶上有树木，鹊儿不再把他看作一个对自己有威胁的人，所以在那树上做巢。“衣中得旧珠”是说郑和尚出定之后与作者谈禅而使他恍有所悟。它用了一个佛教故事。《法华经·五百授记品》载，有一贫苦的人，去拜访一个富有的亲戚，亲戚怜悯他的潦倒而热烈地款待他。因此，他喝得烂醉，当场睡着了。正巧衙门通知其亲戚值班，亲戚见他睡得正死，无法向他告别，于是在他衣服里缝了点珍宝。但他醒后，并不知此事，仍旧过着漂泊的生活。后来在一个偶然的机会里，他又遇到那位亲戚，亲戚把藏珠宝的事告诉他，他才恍然大悟，原来自己衣服里藏有贵重的珠宝。当修行者经禅师的点悟突然间发

现“明珠原在我心头”时，就会有一种无法言说的愉悦。

尾联写诗人觉悟之后流连忘返的心态：“谈禅未得去，辍棹且踟蹰。”诗言“辍棹”，即停止划船，说明作者已经离开郑和尚上船准备回去了。但为什么又踟蹰不前呢？原来是禅师的一番话使他陡然醒悟，心有所皈，沉浸在禅悟的喜悦之中，而忘了归去。读诗至此，方见诗题中“晚”字之妙：本来天色已“晚”，诗人原打算“暂”访就走的，但拜谒郑和尚后，心仪神仰，竟然久久舍不得离去了。这就将诗人对郑和尚的崇拜、对禅悟的喜悦之情都表露了出来。

清明即事

【唐】孟浩然

帝里①重清明，人心自愁思。
车声上路合，柳色东城翠。
花落草齐生，莺飞蝶双戏。
空堂坐相忆，酌茗②聊代醉。

【注　释】

①帝里：京都。

②茗：茶。按，饮茶之风，似始盛于中唐以后，盛唐时尚不多见。

作者名片

孟浩然（689—740），名浩，字浩然，号孟山人，襄州襄阳（今湖北襄阳）人，唐代著名的山水田园派诗人，世称“孟襄阳”。因他未曾入仕，又称之为“孟山人”。孟诗绝大部分为五言短篇，多写山水田园和隐居的逸兴以及羁旅行役的心情。其中虽不无愤世嫉俗之词，而更多属于诗人的自我表现。孟浩然的诗在艺术上有独特的造诣，后人把孟浩然与盛唐另一山水诗人王维并称为“王孟”，有《孟浩然集》三卷传世。

京都一年一度的清明节又到了，人们的心里自然就起了忧愁思念。

马车声在路上繁杂地响着，东城郊外微风拂柳一片葱翠一片。

落花飞舞芳草齐齐生长，黄莺飞来飞去，成双成对的蝴蝶嬉戏不已。

自己坐在空空的大堂里回忆往昔，以茶代酒，聊以慰藉。

赏析

融融春光下诗人抒写了无尽的感慨，个中滋味令人咀嚼不尽。诗人想入仕途却又忐忑不安；欲走进无拘无束的大自然，却又于心不甘。种种矛盾的情绪扭结在一起，寓情于景，寓情于境，自然而传神地表达出诗人微妙、复杂的内心世界。

首联一个“重”字，一个“愁”字，开篇明义。京城又是一年一度的清明节，也许清明节是一个普通的日子，然而漂泊在外的游子此刻的心中却贮着一片愁楚。一开篇，全诗就笼罩在青灰的愁绪中，由此奠定了抒情状物的基调。清明节，唐人有游春访胜、踏青戴柳、祭祀祖先的风俗，往往倾城而出。

颔联惟妙惟肖地点染出了这种境界。说点染，是因为作者并未进行全景式的描述，而是采用动静结合、声色俱出的特写手法，犹如一个配着声音的特写镜头，生动自然。远处，甬路上传来了一阵吱吱嘎嘎的行车声，这声音有些驳杂，看来不是一辆车，它们到哪里去呢？“柳色东城翠”，哦，原来是到东城去折柳踏青。

在颈联，诗人又把想象的目光转向了绿草青青的郊外。坐

在马车上，顺着青色的甬路来到绿意萌生的柳林，来到万物复苏的郊外。白的杏花、粉的桃花轻盈地飘落，而毛茸茸、绿酥酥的小草却齐刷刷地探出了头，给这世界点缀一片新绿。群莺自由自在地翱翔，美丽的蝴蝶成双成对地嬉戏，一切生命都在尽享大自然的温柔和丽，这该是何等畅快、舒心。

然而诗人并未“渐入佳境”，笔锋一转，把目光收回身旁。“堂堂坐相忆，酌茗聊代醉”，一动一静，两个镜头，我们仿佛看到了诗人独坐旷室，痴痴地追忆什么，继而端起茶杯，默默一饮而尽，叹口气又呆呆坐着出神。这里的孤寂、愁思，这里的凄冷、沉默，同欣欣向荣的大自然、欢愉的郊游人群形成了一种多么鲜明的对比。

答族侄僧中孚赠玉泉仙人掌茶

【唐】李白

常闻玉泉山，山洞多乳窟。
仙鼠[①]如白鸦，倒悬清溪月。
茗生此中石，玉泉流不歇。
根柯洒芳津，采服润肌骨。
丛老卷绿叶，枝枝相接连。
曝成仙人掌，似拍洪崖[②]肩。
举世未见之，其名定谁传。
宗英乃禅伯，投赠有佳篇。
清镜烛无盐[③]，顾惭西子妍。
朝坐有余兴，长吟播诸天。

【注　释】

①蝙蝠的别名。
②洪崖：传说中的仙人，黄帝时代的乐官，中国音乐的始祖。
③无盐：亦称“无盐女”。即战国时齐宣王后钟离春，为人有德而貌丑，因是无盐人故名无盐，后常用为丑女的代称。

作者名片

李白（701—762），字太白，号青莲居士，又号“谪仙人”，唐代伟大的浪漫主义诗人，被后人誉为“诗仙”，与杜甫并称为“李杜”，为了与另两位诗人李商隐与杜牧即“小李杜”区别，杜甫与李白又合称“大李杜”。据《新唐书》记载，李白为兴圣皇帝（凉武昭王李暠）九世孙，与李唐诸王同宗。其人爽朗大方，爱饮酒作诗，喜交友。李白深受黄老列庄思想影响，有《李太白集》传世，诗作多于醉时写就，代表作有《望庐山瀑布》《行路难》《蜀道难》《将进酒》《明堂赋》《早发白帝城》等多首。

译　文

常听说当阳玉泉山上，山洞中有许多流着清泉的“乳窟”。洞中的仙鼠，大如乌鸦，通体洁白，倒悬在洞顶，衬托着泉水汇聚而成的清溪中映出的明月。茶树就生长在洞外的乱石之中，清澈如玉的泉水常年流淌不歇。茶树之根如雨丝般洒向泉水汇成的芳香小津，吮吸着甘如乳汁的泉水，滋润着茶树的枝叶。一丛丛的茶树，老当益壮，抽拔着卷曲的嫩芽，枝叶交错，翠绿葱茏。将如此的茶芽摘下，制成仙人掌样的茶饼，这茶饼外形美得就如同是拍着仙人“洪崖”肩膀的手掌。举世都没有见过这样的茶，是谁制作了这么美好的茶饼，取了这么好听的名字，使其流传的啊？是我族人中的俊杰，当阳玉泉寺的僧人中孚所为。随同仙人掌茶一并送来的还有上好的诗篇。你的诗篇有

如西施临镜般的佳美，让我这像丑女无盐般的诗作，惭愧无比。在这么明媚的上午与你品茶吟诗，快乐惬意得想把时光留住，让我们吟唱诗歌的美妙声韵，传播到九天云外的后世去吧。

赏析

752年（唐玄宗天宝十一载），李白与侄儿中孚禅师在金陵（今江苏南京）栖霞寺不期而遇，中孚禅师以仙人掌茶相赠并要李白以诗作答，遂有此作。

这首诗写名茶“仙人掌茶”，是“名茶入诗”最早的诗篇。作者用雄奇豪放的诗句，把“仙人掌茶”的出处、品质、功效等做了详细的描述。因此这首诗成为重要的茶叶资料和咏茶名篇。

此诗生动形象地描写了仙人掌茶的独特之处。前四句写仙人掌茶的生长环境及作用，得天独厚，以衬序文；“丛老卷绿叶，枝枝相接连”，写出了仙人掌茶树的外形；“曝成仙人掌，以拍洪崖肩”的意思是饮用了仙人掌茶，来达到帮助人成仙长生的结果。“举世未见之，其名定谁传”，由“曝成仙人掌”可以看出仙人掌茶是散茶，明朝罢团改散，在明以前大部分都是团茶，因此是举世未见之，其名定谁传。“宗英乃禅伯，投赠有佳篇。清镜烛无盐，顾惭西子妍”，写的是李白对中孚的赞美之情，诗人在此自谦将自己比作“无盐”，而将中孚的诗歌比作西子，表示夸奖。“朝坐有余兴，长吟播诸天”，诗人大声朗读所作的诗歌，使他能够达到西方极乐世界的“诸天”。

吃茗粥[1]作

【唐】储光羲

当昼暑气盛，鸟雀静不飞。
念君高梧阴[2]，复解山中衣。
数片远云度[3]，曾不蔽炎晖[4]。
淹留[5]膳茗粥，共我饭蕨薇[6]。
敝庐[7]既不远，日暮徐徐归。

【注　释】

①茗粥：一种用茶粉煮的粥，亦称“茶粥”，吃茶的原始方法。据唐《膳夫经手录》：“茶，古不闻食之，近晋宋以降，吴人采其叶煮，是为茗粥。”
②高梧阴：高大的梧桐树的树荫，有赞美友人“凤栖于梧”之意。
③远云度：虽然远处有几片云在移动。
④炎晖：炎热的日光。
⑤淹留：长久逗留之意。
⑥共我：和我一起吃。蕨薇：蕨类植物，嫩叶可食用。
⑦敝庐：自谦之词，破旧的房屋，这里指作者自家。

作者名片

储光羲（约706—763），唐代官员，田园山水诗派代表诗人之一。润州延陵人，祖籍兖州。登开元十四年（726）进士，曾官监察御史。安禄山攻陷长安，受伪署。贼平后来归，贬死岭南。诗多五言古体，写田园风光，淡朴自然，抒发士大夫闲适情调。有集七十卷，已佚。《全唐诗》收存诗224首，编为四卷。

译　文

正当盛夏时节，我在友人家做客，酷暑逼人，连鸟雀都倦怠得躲避起来。

朋友家有高大的梧桐树可以遮阴，山中仍然热得要宽解衣服纳凉。
远处的天空中，几片闲云移动，却遮不住烈日。
主人一再挽留我多留置一会儿，邀请我一起吃茶粥和蕨薇。
我的家也不太远，索性等到日暮时分，慢慢走回去。

〔赏析〕

这是最早出现在我国诗坛中的茗粥诗。从这首诗中可以看出，在盛唐以前，人们还保留着“吃茗粥”的饮茶习俗。“淹留膳茗粥，共我饭蕨薇”也足见用茶煮饭是流传千年的民风民俗。

寄赞上人

【唐】杜甫

一昨陪锡杖[①]，卜邻南山幽。
年侵[②]腰脚衰，未便阴崖秋。
重冈北面起，竟日阳光留。
茅屋买[③]兼土，斯焉心所求。
近闻西枝西，有谷杉黍稠。
亭午颇和暖，石[④]田又足收。
当期塞[⑤]雨干，宿昔齿疾瘳[⑥]。
裴回虎穴[⑦]上，面势龙泓头[⑧]。
柴荆具茶茗，径[⑨]路通林丘。
与子成二老[⑩]，来往亦风流。

【注　释】

①一昨：昨天，过去。一为发语词。锡杖：僧人所持之杖，亦称禅杖，此代指赞上人。
②年侵：为岁月所侵，指年老。
③买：一作“置”。
④石：《全唐诗》校：“一作沙。”
⑤塞：《全唐诗》校：“一作寒。”
⑥宿昔：早晚，表示时间之短。牙疾：才病。瘳：病愈。
⑦裴回：今写作“徘徊”。虎穴：山名。
⑧面势：对面。龙泓：水名。
⑨径：《全唐诗》校：一作“遥”。
⑩二老：指自己与赞上人。

作者名片

杜甫（712—770），字子美，自号少陵野老，唐代伟大的现实主义诗人，与李白合称“李杜”。出生于河南巩县，原籍湖北襄阳。杜甫创作了《登高》《春望》《北征》以及“三吏”“三别”等名作。杜甫虽然在世时名声并不显赫，但后来声名远播，对中国文学和日本文学都产生了深远的影响。杜甫共有约1500首诗歌被保留了下来，大多集于《杜工部集》。杜甫在中国古典诗歌中的影响非常深远，被后人称为“诗圣”，他的诗被称为“诗史”。后世称其杜拾遗、杜工部，也称他杜少陵、杜草堂。

译　文

前几天蒙您陪同前往南山，去寻找一处栖身之地与您为邻。

我年纪渐老腰脚乏力，在阴崖下居住实属不便。

我想找的是一块重冈北护、终日得阳的地方，买所茅屋置点田地以终天年。

听说西枝村的西边有个山谷，那里长满了杉树和漆树。

正午时阳光颇为和暖，石田土质良好，种植作物能够丰收。

所以我想等到雨停路干，牙疼的老病好了以后，再邀您同去西谷。

徘徊于虎穴之上，观览于龙潭之侧。

要是能在那里定居下来，我会在茅舍里备下清茶相待；也将踏着小路，拜访您的林丘。

让我们结成“二老”，相互来往，那也是很风流的呢！

赏析

从这首诗里，我们看到了一位失意老人对自己晚年生活的期望。杜甫觉得自己已经年迈，腰腿也不灵便，不宜居住在阴冷的地方，如果有一块阳光充足的山坡，能搭建自己的茅屋，周围还有土地可供耕种，就心满意足了。当他听说西枝村西边有个地方，不但林木繁茂，风和日暖，而且有着旱涝保收的田地，便渴望能去那里居住。他通过诗作表达了自己的想法：如果这一愿望得以实现，到时和赞上人你来我往，一同徜徉在山原，信步于林径，观看西枝村秀色美景；赏花品茶，论经赋诗，是件多么令人惬意、使人羡慕的风流之事。

进　艇

【唐】杜甫

南京久客耕南亩①，北望伤神坐②北窗。
昼引老妻乘小艇，晴看稚子浴清江③。
俱飞蛱蝶元④相逐，并蒂芙蓉⑤本自双。
茗饮蔗浆携所有⑥，瓷罂无谢玉为缸⑦。

【注　释】

①南京：指当时的成都，而非“六朝古都”南京，是唐玄宗在至德二年（757）为避安史之乱幸蜀时所置，与长安、洛阳同为唐国都。客：杜甫到成都是避难和谋生兼而有之，也非情愿，所以自称为“客”。南亩：田野，引申为田园生活。
②北望：相对于成都而言，长安在其北。伤神：伤心。坐：一作“卧”。
③稚（zhì）子：幼子；小孩。清江：水色清澄的江。
④蛱（jiá）蝶：蝴蝶。元：犹“原”，本来。
⑤并蒂(dì)：指两朵花并排地长在同一个茎上。芙蓉：荷花的别名。也指刚开放的荷花。
⑥茗（míng）饮：指冲泡好的茶汤，亦是茶的别称。蔗浆：即甘蔗榨成的浆汁。
⑦瓷罂（yīng）：盛酒浆等用的陶瓷容器。无谢：犹不让，不亚。

译文

我望眼欲穿，而你却是那么遥远。在罹难了叛贼的践踏之后，九重宫阙、雕梁画栋早已满目疮痍，昔日的繁华旧景也早已荡然无存，留下的怕是只有摇摇欲坠的城阙和遍地斑斑的血迹，这怎不教人感到黯然神伤呢！

在这个风和日丽的早晨，我身着布衣，深情地牵引着老妻乘上小艇，在浣花溪上鼓棹游赏，清澈的溪水在阳光下荡漾着波光。不远处，孩子们在水里无忧无虑地洗澡嬉戏。

浣花溪岸边的蝴蝶缠缠绵绵翩翩双飞，你追我逐；溪水上的荷花如双栖鸳鸯一般，并蒂双双。

把煮好的茶汤和榨好的甘蔗浆用瓷坛来盛装，也不比玉制的缸来得差，放在艇上可以随取随饮。

赏析

首联直抒胸臆，顿感一种悲怆感伤的情绪油然而生。诗人在草堂的北窗独坐，极目北望，感慨万千。此联对仗极工，“南”“北”二字迭用对应，以“南京”对“北望”、以“南亩”对“北窗”。

颔联由抒怀转入描写在成都的客居生活。此情此景富有诗情画意，是一种和平宁静、朴素安适的乡野生活。波光云影伴着棹声、嬉闹声，杜甫望着眼前这位同他患难与共的糟糠之妻杨氏，两鬓也已有些斑白，细细的皱纹开始悄悄爬上了曾经细嫩的面庞，回想起和她一起看过的风景和一起走过的人生旅程，今生有伊相伴，纵然再苦也甘之如饴，这或许就是一起吃苦的幸福吧。想到这里，杜甫内心深处的感情犹如潮水从心底奔涌而出，多年漂泊与流离的苦痛和如今能执子之手与子偕老

的幸福，两种冰火两重天的情感交杂在一起，最终化作颈联“俱飞蛱蝶元相逐，并蒂芙蓉本自双”这两句。“俱飞蛱蝶”和“并蒂芙蓉”，如双栖鸳鸯一般，都是成双成对的，象征着夫妻或两个相爱的恋人双宿双飞，永不离分，唯美的梁祝化蝶所表达的也正是此意。

尾联诗人又把游走的思绪拉回现实，将视线转移到随艇携带的“茗饮”和“蔗浆”。诗人在尾联中大概寄寓了两层意思：一是道出他的人生滋味，二是表达他的人生价值观。于杜甫而言，他的人生只有“苦”和“甜”两味，而且苦是远远多于甜的，早年多舛的命运和后来的尘埃落定恰如这清苦的“茗饮”和甘甜的“蔗浆”。他与妻子经历了多少的离别、思念之苦，如今能手牵手、肩并肩同乘一艇，是在尝尽苦辛之后换来的甜蜜，来之不易。“茗饮蔗浆携所有”，把苦茗与甜蔗都同置一艇上，时饮茗来时饮浆，时苦时甜，恰如在回味一段人生。至于人生价值观，在此时的杜甫眼里，茗饮蔗浆都用普通的再也不能普通的瓷坛来盛放，一点儿也不逊色于精美的玉缸。瓷坛与玉缸，虽功用相同，内涵却有天壤之别：一个朴质，一个奢华；一个象征着简淡平凡的生活，一个象征着穷奢极侈的生活。诗人认为“瓷罂无谢玉为缸”，意味着他的人生价值观发生了重大转变，由追求显达仕途转变成追求陶然田园，由勃勃雄心转变成淡泊宁静，这一过程也诚如茶由醇厚渐转淡薄的过程。

望洞庭[1]

【唐】刘禹锡

湖光[2]秋月两[3]相和[4]，潭面[5]无风镜未磨[6]。

遥望洞庭山水翠[7]，白银盘[8]里一青螺[9]。

【注　释】

①洞庭：湖名，在今湖南省北部。
②湖光：湖面的波光。
③两：指湖光和秋月。
④和：和谐。指水色与月光互相辉映。
⑤潭面：指湖面。
⑥镜未磨：古人的镜子用铜制作、磨成。这里一说是湖面无风，水平如镜；一说是远望湖中的景物，隐约不清，如同镜面没打磨时照物模糊。
⑦山水翠：也作“山水色”。山，指洞庭湖中的君山。
⑧白银盘：形容平静而又清的洞庭湖面。
⑨青螺：这里用来形容洞庭湖中的君山。

洞庭湖水色与月光互相辉映，湖面风平浪静，犹如未磨的铜镜。远远眺望洞庭湖山水苍翠如墨，好似白银盘里托着一枚青螺。

赏析

本诗主要描写了秋夜月光下洞庭湖的优美景色：水波不兴，平静幽美，格外怡人。诗人飞驰想象，以清新的笔触，生动地描绘出洞庭湖水宁静、祥和的朦胧美，展示出一幅美丽的洞庭山水图。

诗从“望”字着眼，“水月交融”“湖平如镜”，是近望所见；“洞庭山水”“犹如青螺”，是遥望所得。虽都是写望中景象，差异却显而易见。近景美妙、别致；远景迷蒙、奇丽。潭面如镜，湖水如盘，君山如螺。银盘与青螺相映，明月与湖光互衬，更觉情景相容、相得益彰。诗人笔下的君山犹如镶嵌在明镜洞庭湖上的一颗精美绝伦的翡翠，美不胜收。用词极精到。

这首诗的前两句是说，秋夜明月清辉，遍洒澄净湖面，湖面平静无风，犹如铁磨铜镜。首句描写澄澈空明的湖水与素月青光交相辉映，俨如琼田玉鉴，是一派空灵、缥缈、宁静、和谐的境界。“和”字下得巧妙，表现出了水天一色、玉宇无尘的融和的画境。而且，似乎还把一种水国之夜的节奏——清漾的月光与湖水吞吐的韵律，传达给读者了。接下来描绘湖上无风，迷迷蒙蒙的湖面宛如未经磨拭的铜镜。“镜未磨”三字十分形象贴切地表现了千里洞庭风平浪静的景象，在月光下别具一种朦胧美。“潭面无风镜未磨”以生动形象的比喻补足了“湖光秋月两相和”的诗意。因为只有“潭面无风”，波澜不惊，湖光和秋月才能两相协调。否则，湖面狂风怒号，浊浪排空，湖光和秋月无法相映成趣，也就无“两相和”可言了。

第三、四句诗人的视线从广阔的湖光月色的整体画面集中到君山一点。在皓月银辉之下，洞庭山愈显青翠，洞庭水愈显清澈，山水浑然一体，望去如同一只雕镂剔透的银盘里，放了一颗小巧玲珑的青螺，惹人喜爱。诗人笔下秋月之中的洞庭山水变成了一件精美绝伦的工艺美术珍品，给人以莫大的艺术享受。“白银盘里一青螺”，真是匪夷所思的妙句。此句的擅胜之处，不只表现在设譬的精警上，还表现了诗人壮阔不凡的气度和寄托了诗人高卓清奇的情致。在诗人眼里，千里洞庭不过是妆楼奁镜、案上杯盘而已。举重若轻，自然淡泊，毫无矜气作色之态，这是十分难得的。把人与自然的关系表现得这样亲切，把湖山的景物描写得这样高旷清超，这正是诗人性格、情操和美学趣味的反映。没有荡思八极、纳须弥于芥子的气魄，没有振衣千仞、涅而不缁的襟抱，极富有浪漫色彩的奇思壮采。

诗中虽未点出茶，但将君山银针茶得天独厚的茶园环境（洞庭湖君山岛）描写得生动优美。

奉和裴晋公①凉风亭睡觉

【唐】刘禹锡

骊龙②睡后珠元③在，仙鹤④行时步又轻。
方寸⑤莹然⑥无一事，水声⑦来似玉琴⑧声。

【注 释】

①裴晋公：人名，指裴度。
②骊龙：典故名，传说中的一种黑龙，出自《庄子·列御寇》，是由庄子记述的一段故事。庄子说河边穷苦人家的儿子去潭底黑龙的下巴下面取珠。
③珠元：骊龙珠，典故名，后遂以“骊龙珠”指宝珠。后亦比喻珍贵的人或物。
④仙鹤：神话传说中仙人骑乘和饲养的鹤。
⑤方寸：心神。
⑥莹然：形容光洁明亮的样子。
⑦水声：诗中指水沸腾翻滚的声音。
⑧玉琴：指用玉石制作的琴类乐器。

译 文

黑色的龙熟睡后，他下巴处的龙珠依然在；仙鹤行走的步伐轻盈，生怕吵到他休息。思绪明净，无任何烦心之事；茶汤沸腾的声音好似美妙的琴声传到耳边。

赏析

刘禹锡的这首和唱诗作，将唐朝名相裴度的晚年时光惟妙惟肖地呈现了出来。

凉风亭睡觉

【唐】裴度

饱食[①]缓行[②]新睡觉，一瓯[③]新茗[④]侍儿[⑤]煎[⑥]。
脱巾[⑦]斜倚[⑧]绳床坐，风送水声[⑨]来耳边。

【注　释】

①饱食：吃得饱，充分满足了需要量。
②缓行：慢行，徐徐行走。
③一瓯：一杯，一碗。
④新茗：新茶，春茶。
⑤侍儿：使女；女婢。
⑥煎：烹煮，诗中指煮茶。
⑦脱巾：脱下头巾。
⑧斜倚：指轻轻地从直立位置移到倾斜的位置或向后靠或向后倾斜。
⑨水声：诗中指水沸腾翻滚的声音。

作者名片

裴度（765 — 839），字中立，汉族，河东闻喜（今山西闻喜县）人，唐代中期杰出的政治家、文学家。在文学上，裴度主张“不诡其词而词自丽，不异其理而理自新”，反对在古文写作上追求奇诡。他对文士多有提掖，颇受时人敬重。晚年留守东都时，与白居易、刘禹锡等唱酬甚密，为洛阳文事活动的中心人物。有文集二卷，《全唐文》及《全唐诗》等录其诗文。

中午吃饱后，慢慢行走时，有了些睡意；便吩咐侍女煮茶，喝下一杯新茶后神清气爽，乏倦之意全无。摘下头巾，悠闲地斜坐在绳床上，徐徐清风将沸水声传到了耳边。

赏析

裴度不仅诗文好，还能带兵打仗，运筹帷幄。因此在唐宪宗时，裴度出尽风头。元和十二年，鉴于前线指挥官无能，皇上派遣裴度带领大军连夜奔袭蔡州，活擒吴元济，震慑河北藩镇，结束了唐代藩镇叛乱的局面，天下暂时得以稳定。在削藩平叛中，裴度功不可没，因此而转升宰相，被封为晋国公，世称裴晋公。

裴度晚年生活一改庙堂之上的板脸严肃，免去了四更上朝的辛苦。每日斜倚绳床，写字读诗，看侍儿扇炉火勤煎茶，观瓯中蟹眼先鱼眼后，端上来抿一口，好水好茶，舒心舒肺，裴相爷总算过上理想中的日子了。这首品茶的诗句便是裴相爷晚年悠闲时光的真实写照。

湖州贡焙[1]新茶

【唐】张文规

凤辇寻春[2]半醉回，仙娥进水御帘[3]开。
牡丹花笑金钿[4]动，传奏吴兴紫笋[5]来。

【注　释】

①贡焙：制作贡茶的场所。
②凤辇：皇帝的车驾。寻春：踏春、春游。
③仙娥：美貌的宫女。御帘：皇帝、皇后用来遮蔽门窗的挂帘。
④金钿：首饰。
⑤传奏：送上奏章，报告皇帝。紫笋：紫笋茶，唐代著名的贡茶，产于浙江长兴顾渚山和江苏宜兴的接壤处。

作者名片

张文规，弘靖子，彦远父。裴度秉政，引为右补阙。累转吏部员外郎，官终桂管观察使。工书法。

译　文

喝得半醉的皇帝车驾出游踏春刚刚归来，宫女们掀开帘子进来送茶水。

她们迈着欢快的步伐，面带笑容，金首饰随着摆动，原来是湖州的紫笋茶到来了。

赏析

这首诗描述了唐代宫廷生活的一个图景，表达了诗人对贡焙新茶的赞美之情。“凤辇寻春半醉回”，描述皇帝车驾出游踏春刚刚归来的情景，皇帝已经喝得半醉。这时候，“仙娥进水御帘开”：宫女们打开御帘进来送茶水。“牡丹花笑金钿动”形容的是一种欢乐的场面。其内容就是“传奏吴兴紫笋来”：湖州的贡焙新茶到了。据考，中国古代贡茶分两种形式：一种是由地方官员选送，称为土贡；另一种是由朝廷指定生产，称贡焙。唐代茶叶的产销中心已经转移到浙江和江苏，湖州茶业开始特供朝廷，朝廷并在此设立贡焙院。湖州因此成为中国历史上第一个专门采制宫廷用茶的贡焙院所在地。“吴兴紫笋”指的就是湖州长兴顾渚山的紫笋贡茶。从此诗的结句中读者可以感受到宫廷中那种对湖州贡焙新茶的到来而欢欣喜悦的气氛。

西陵道士茶歌

【唐】温庭筠

乳窦溅溅通石脉①，绿尘愁草春江色②。
涧花③入井水味香，山月当人松影直④。
仙翁白扇霜鸟翎⑤，拂坛夜读黄庭经⑥。
疏香皓齿有余味⑦，更觉鹤心通杳冥⑧。

【注　释】

①乳窦：布满石钟乳的洞穴。溅溅：水流貌。石脉：石中流动的水脉。

②绿尘：碾成粉末状的茶叶。愁草：即春草，人见春草而感怀发愁，因此称春草为愁草，但这里的愁草指茶叶。春江色：指茶叶绿如春江水色。

③涧花：生长在山涧边的花草。这句是说，花落入井中连井水也香了。

④当人：宜人。直：通“值”，值得欣赏。

⑤仙翁：称西陵道士。霜鸟：白鸟。翎：鸟的羽毛。这句是说仙翁的白扇用白鸟的羽毛制成。

⑥拂：拂拭。坛：道教进行宗教活动的场所。黄庭经：道教经名，全称《太上黄庭内景经》《太上黄庭外景经》，是七言歌诀，讲述修炼的道理。

⑦疏香：留存的稀微清香，指茶叶。有余味：味道持久。这句是说茶叶的香味，持久地留在齿颊中。

⑧鹤心：仙心。古称鹤为“仙禽”，故鹤心犹“仙心”。杳（yǎo）冥：幽暗深远的地方。

作者名片

温庭筠（约812—866），本名岐，字飞卿，太原祁（今山西祁县东南）人，唐代诗人、词人。富有天才，文思敏捷，每入试，押官韵，八叉手而成八韵，所以也有“温八叉”之称。然恃才不羁，又好讥刺权贵，多犯忌讳，取憎于时，故屡举进士不第，长被贬抑，终生不得志。官终国子助教。精通音律。工诗，与李商隐齐名，时称“温李”。其诗辞藻华丽，秾艳精致，内容多写闺情。其词艺术成就在晚唐诸词人之上，为“花间派”首要词人，对词的发展影响较大。在词史上，与韦庄齐名，并称“温韦”。存词70余首。后人辑有《温飞卿集》及《金奁集》。

译　文

在满是钟乳石的石窟中流水潺潺，磨成粉状的绿茶如春江水色。

山涧边的花朵落入井中连井水也香了，山水月色秀丽宜人，松影飘曳。

仙翁用白鸟的羽毛制成白扇，夜晚在道教教坛诵读道家修炼的《黄庭经》。

茶的余香在齿间缭绕不去，更觉得与仙界心意相通。

赏析

古人品茶，不单单是一种生活艺术。在文人雅士间，品茶更能触发灵感，使其创作出绝妙的作品。晚唐文坛奇才温庭筠也喜好品茶，曾著《采茶录》一书。他的《西陵道士茶歌》就是这样一首品茶诗，诗写西陵道士在山洞里饮茶读《黄庭经》，神思更接近仙界的情形。

这首诗描述西陵道士煎茶和饮茶的情景，洋溢着一股道悦之风：茶驱赶着睡魔，伴他们山堂夜读经典；茶的甘香余味，给他们美好的感受；茶更具有修身养性的助力，导引“鹤心通杳冥”。

与赵莒茶宴

【唐】钱起

竹下忘言对紫茶，全胜羽客醉流霞①。
尘心洗尽兴难尽，一树蝉声片影斜。

【注　释】

①流霞：传说中天上神仙的饮料。

作者名片

钱起（约722—780），字仲文，吴兴（今浙江湖州市）人，唐代诗人。早年数次赴试落第，唐天宝十载（751）进士，大书法家怀素和尚之叔。曾任考功郎中，故世称“钱考功”。他是大历十才子之一，也是其中杰出者，被誉为“大历十才子之冠”。又与郎士元齐名，称“钱郎”，当时称为“前有沈宋，后有钱郎”。

译文

翠竹之下一起对饮紫茶，味道醇厚胜过那流霞仙酒。

洗净红尘杂念茶兴却更浓，在蝉鸣声中谈到夕阳西下才尽兴。

赏析

唐代饮茶风气蔚然成风，上自皇亲国戚，下至普通百姓，皆崇尚茶当酒。茶宴的正式记载见于中唐，大历十才子之一的钱起，曾与赵莒一块儿办茶宴，地点选在竹林，但不像“竹林七贤”那样狂饮，而是以茶代酒，所以能聚首畅谈，洗净尘心，在蝉鸣声中谈到夕阳西下。钱起为记此盛事，写下这一首《与赵莒茶宴》诗。

这首诗描绘了一幅雅境啜茗图。除了令人神往的竹林外，诗人还以蝉为意象，使全诗所烘托的闲雅志趣愈加强烈。蝉与竹一样是古人用以象征峻洁高志的意象之一，蝉与竹、松等自然之物构成的自然意境是许多文人穷其一生追求的目标，人们试图在自然山水的幽静清雅中拂去心灵的尘土，舍弃一切尘世的浮华，与清风明月、浮云流水、静野幽林相伴，求得心灵的净化与升华。

过长孙宅与朗上人茶会[1]

【唐】钱起

偶与息心侣[2]，忘归才子[3]家。
玄谈兼藻思[4]，绿茗[5]代榴花。
岸帻[6]看云卷，含毫任景斜[7]。
松乔[8]若逢此，不复醉流霞[9]。

【注　释】

①长孙：复姓。朗：法名。上人：佛教称德智善行的人，后用着对僧人的敬称。
②息心：祛除杂念。侣：伴，此处指朗上人。
③才子：指长孙氏。
④玄谈：说谈佛理。藻思：文思，文才。
⑤绿茗：茶。
⑥帻（zé）：头巾。岸帻：把头巾掀起，露出前额。
⑦景：同“影”。任景斜：任由日影西斜。
⑧松乔：传说中的两位仙人，赤松子和王乔。
⑨流霞：传说中的仙酒名。

译　文

偶然遇上知心的朋友朗上人，都忘了离开长孙家回自己家。

我们三人举行茶会，以茶激发写作灵感，用茶来代替酒，喝得兴趣盎然。

兴奋得掀起头巾露出前额看天上的云，喝着茶一直到天黑。

如果是仙人赤松子和王子乔，在这个时候也会饮茶不喝酒。

赏析

诗人在京都为官之时，喜交游，好与文士、僧道为友。长孙氏既是朝廷显贵，又是文人雅士。钱起偶遇知心的朋友朗上人，于是就在长孙家举行僧俗三人茶会。他们以茶助清谈，以茶激发写作灵感，谈兴浓茶兴更浓，兴奋地掀起头巾露出前额。以茶“绿茗”代替“榴花”美酒，喝得兴致盎然，就是仙子赤松子、王乔在此时也会饮茶不饮酒。文人间以茶会友，这是大唐文化界的时尚，钱起更是乐此不疲。

自古就有“茶禅一味”之说，从这首茶诗中亦能感受其中的禅意。作者在诗歌中展示了茶人们在疏影半斜、蝉声一树的空灵境界中品茗玄谈，余意不尽，文思泉涌的画境，无论是画中人，还是欣赏者都陶醉于一种深深的禅境之中，俗念全消。

始为奉礼忆昌谷山居[1]

【唐】李贺

扫断马蹄痕，衙回自闭门。
长枪江米熟[2]，小树枣花春。
向壁悬如意[3]，当帘阅角巾[4]。
犬书曾去洛[5]，鹤病悔游秦[6]。
土甑封茶叶，山杯锁竹根[7]。
不知船上月，谁棹满溪云？

【注　释】

①奉礼：即奉礼郎，太常寺属官，掌君臣版位，以奉朝会祭祀之礼。昌谷：李贺家乡，在河南府福昌县（今河南宜阳）。
②长枪：长铛，有脚有耳的平底锅。江米：糯米。
③如意：二尺长的铁器，古人用以指画方向和防身。
④角巾：四方形有棱角的冠巾。私居时戴用。
⑤犬书：谓家书。晋代陆机仕于洛阳，久无家信，乃系书犬颈，命其送至家乡，取得回信，驰还洛阳。事见《艺文类聚》九四任昉《述异记》。
⑥鹤病：喻妻病。游秦：宦游于长安。
⑦竹根：用竹根制成的酒杯。

作者名片

李贺（约 790—817），字长吉，汉族，唐代河南福昌（今河南洛阳宜阳县）人，家居福昌昌谷，后世称李昌谷，是唐宗室郑王李亮后裔。有“诗鬼”之称，是与“诗圣”杜甫、“诗仙”李白、“诗佛”王维齐名的唐代著名诗人。李贺是中唐的浪漫主义诗人，与李白、李商隐称为唐代三李。有“太白仙才，长吉鬼才”之说。著有《昌谷集》。

译文

门前洒扫，看不到车轮马蹄的痕迹；从官署回来，自己要亲手把门关闭。

大锅里煮熟的，只是那普通的糯米；春天的庭院，只有小枣树花嫩又稀。

百无聊赖，赏玩悬挂在墙上的如意；竹帘前闲坐，看取方巾牵动着乡思。

像黄耳犬送书，我也有信寄往家去；怀念病中之妻，我后悔旅居来京师。

遥想家中，茶叶被封藏在那瓦罐里；竹根酒杯被锁起，无人再把酒来喝。

不知道啊，在这明月朗照的小船上，谁人在举桨摇荡那彩云倒映的小溪？

赏析

诗人将昔日在家中品茶饮酒的悠闲自在景与眼前退衙回来闭门独坐的孤独以及“鹤病悔游秦”的病痛相互比照，旨在强调身在仕途无法实现理想抱负的喟叹。失落加上乡愁，更增添几分愁苦，也更加深了诗人对故乡的怀念。

这首诗的前半首，从“始为奉礼”行笔，总写居官羁旅无聊之情状。“扫断”“衔回”两句，叙述官职卑微，门庭冷落；“长枪”“小树”两句，写江米煮熟，食馔简单，除枣花外，室无珍玩。这四句，全无半点寒酸气却道尽窘迫。即是小官，又全无半点迎逢心思，自是门可罗雀；回到家里自己动手关门，没有仆人书童；特意说出煮的是江

米，或许是在暗示除此之外别无其他；至于小树枣花，那不过是平凡窄小的院落里一棵普通的树罢了。如此这般，一个异地为官生活勉强、郁郁不得志的年轻人形象跃然纸上。“向壁”“当帘”两句，写闲对如意、角巾，言外寄托“归欤”之意。

诗的后半首，转而写题上“忆昌谷山居”之意。忆家，故作家书，以付黄犬；忆亲人，因妻病而追悔至京求仕。“土甑封茶叶，山杯锁竹根”，可见主人不在；“不知船上月，谁棹满溪云”，月夜又有谁在船上摇荡着满溪的云影？用反诘句收结，意想飞驰，巧妙表现出“忆”的风韵。

过山农家①

【唐】顾况

板桥人渡泉声，茅檐日午鸡鸣。
莫嗔焙茶烟暗②，却喜晒谷天晴。

【注　释】

①过山农家：一本题为“山家”，说为张继所作。过：拜访，访问。
②嗔：嫌怨。焙茶：用微火烘烤茶叶，使返潮的茶叶去掉水分。焙：用微火烘。

作者名片

顾况（生卒年不详），字逋翁，号华阳真逸（一说华阳真隐）。晚年自号悲翁，汉族，唐朝海盐人，（今在浙江海宁境内）人。唐代诗人、画家、鉴赏家。他一生官位不高，曾任著作郎，因作诗嘲讽得罪权贵，贬饶州司户参军。晚年隐居茅山，有《华阳集》行世。

译文

走在板桥上，只听桥下泉水叮咚；来到农家门前，刚好日过正午，茅草房前公鸡啼鸣。

不要嫌怨烘茶时冒出青烟，应当庆幸晒谷正逢晴天。

赏析

这是一首访问山农的纪行六言绝句。共24字，按照走访的顺序，依次写了山行途中、到达农舍、参观焙茶和晒谷四个镜头，层次清晰地再现了饶有兴味的访问经历。诗人由物及人，传神入微地表现了江南山乡焙茶晒谷的劳动场景以及山农爽直的性格、淳朴的感情。全诗格调明朗，节奏轻快，具有独特的艺术风格。

首句“板桥人渡泉声”，取了行途中一景。当诗人走过横跨山溪的木板桥时，有淙淙的泉声相伴。句中并没有出现“山”字，只写了与山景相关的“板桥”与“泉声”，便颇有气氛地烘托出了山行的环境。“人渡泉声”，看似无理，却真切地表达了人渡板桥时满耳泉声淙淙的独特感受。“泉声”的“声”字，写活了泉水，反衬出山间的幽静。这一句写出农家附近的环境，暗点“过”字。“人渡”的“人”，实即诗人自己，写来却似画外观己，抒情的主体好像融入客体，成为景物的一部分了。短短一句，使人如临其境，如闻其声，仿佛分享到作者步入幽境时那种心旷神怡之情。

从首句到次句，有一个时间和空间的跳跃。“茅檐日午鸡鸣”，是作者穿山跨坡来到农家门前的情景。鸡鸣并不新奇，但安排在这句诗中，却使深山中的农舍顿时充满喧闹的世间情味和浓郁的生活气息。茅檐陋舍，乃“山农家”本色；日午鸡鸣，仿佛是打破山村沉静的，却更透出了山村农家特有的

悠然宁静。这句中的六个字，依次构成三组情事，与首句中按同样方式构成的三组情事相对，表现出六言诗体的特点。在音节上，又正好构成两字一顿的三个“音步”。由于采用这种句子结构和下平声八庚韵的韵脚，读起来特别富于节奏感，而且音节响亮。

“莫嗔焙茶烟暗，却喜晒谷天晴。”这两句是诗人到了山农家后，正忙于劳作的主人对他讲的表示歉意的话。诗人到山农家的前几天，这里连日阴雨，茶叶有些返潮，割下的谷子也无法曝晒；来的这天，雨后初晴，全家正忙着趁晴焙茶、晒谷。屋子里因为焙茶烧柴充满烟雾，屋外晒场上的谷子又时时需要翻晒。因此好客的主人由衷地感到歉意。

山农的话不仅神情口吻毕肖，而且生动地表现了山农的朴实、好客和雨后初晴之际农家的繁忙与喜悦。如此本色的语言、质朴的人物，与前面所描绘的清幽环境和谐统一，呈现出一种朴素、真淳的生活美。而首句“泉声”暗示雨后，次句“鸡鸣”逗引天晴，更使前后贯通密合，浑然一体。

茶中杂咏·茶坞[1]

【唐】皮日休

闲寻尧氏山，遂入深深坞。
种荈[2]已成园，栽葭[3]宁记亩。
石洼[4]泉似掬[5]，岩罅[6]云如缕。
好是夏初时，白花满烟雨。

【注 释】

①茶坞（wù）：茶树丛生之处，即茶园。
②荈：晚采的茶。也泛指茶。
③葭：芦苇。此处“葭”似误，当作“槚”，茶树。
④石洼：坑坑洼洼。
⑤掬：供人捧饮。
⑥罅：缝隙，裂缝。

作者名片

皮日休（约838—约883），字袭美，号逸少，复州竟陵县（今湖北省天门市）人。曾居住在鹿门山，道号鹿门子。晚唐大臣，诗人、文学家。皮日休与晚唐诗人陆龟蒙齐名，世称“皮陆”。其诗文兼有奇朴二态，多为同情民间疾苦之作，对于社会民生有深刻的洞察和思考，被鲁迅誉为唐末“一塌糊涂的泥塘里的光彩和锋芒”。著有《皮日休集》《皮子》《皮氏鹿门家钞》等。

译 文

诗人闲来无事游玩尧氏茶山，漫步走入山谷深处。种植的茶园已经有了一定的规模，一眼望不到边际，哪里知道茶园到底有多少亩呢？山谷中有清泉流过，坑坑洼洼的泉水仿佛是专门供人品饮般，抬头仰望，一缕缕白云从陡崖的缝隙中飘过。正是初夏的时节，烟雨朦胧，白色的茶花在烟雨中布满了整个山谷。

赏析

《茶中杂咏》是晚唐文学家皮日休途径苏州时写下的一组咏茶诗歌，内容包括茶坞、茶人、茶笋、茶籝、茶舍、茶灶、茶焙、茶鼎、茶瓯、煮茶十首。这组诗作对唐代茶事进行了生动细致的描写，宛如一幅古代茶文化的巨型画卷。

本篇是《茶中杂咏》组诗的第一篇，描述茶园的生态环境及规模。茶园处深山谷地，这里有清泉流过，石洼里的泉水像供人捧饮似的；从山崖的缝隙仰望天空，但见浮云缕缕。茶园的规模是那么的大，哪能记得它有多少亩。

初夏时雨季水多，烟雾弥漫，空气相对温润，最适宜茶树发芽生长，但见烟雨中整个山谷遍是白色的鲜花，好一派恬淡、高雅、纯净、清新的景象，这是诗人给自然物赋予的人文精神，对我国茶文化的形成具有划时代意义。

茶中杂咏·茶人

【唐】皮日休

生于顾渚山①，老在漫石坞②。
语气为茶荈③，衣香是烟雾。
庭从颖子遮，果任獳师虏。
日晚相笑归，腰间佩轻篓④。

【注　释】

①顾渚山：山名，位于浙江省湖州市长兴县内，山中有名茶“顾渚紫笋”。

②漫石坞：地名，四面高中间凹下的地方。

③茶荈（chuǎn）：采摘时间较晚的茶。

④篓：茶篓。

译　文

茶人出生在顾渚山之上，也在这漫石坞中慢慢老去。

与茶人们聊天，他们所得都是这个季节的茶叶，茶叶闻起来还是很清新，香气很重，茶人们的衣服上也散发出阵阵茶香。

颖子树已经把茶人们的庭院遮住了，主人不在家，狗在庭院里叫个不停。

茶人们要天色很晚的时候才从茶园中归来，脸上挂满了微笑，腰间挂着轻轻的茶篓。

赏析

本篇是《茶中杂咏》组诗的第二篇，描述了采茶人的生活规律和行动轨迹。尾联“腰间佩轻篓”可见在唐代采茶时竹篮就有背“负”和腰“系”两种方式。全诗描写了顾渚山茶人的生活状况，他们一生都住在这个山坞里，以茶为生计，充满劳动的愉快。

诗中提到的顾渚山，是古代茶人心中的第一名山，茶圣陆羽与陆龟蒙在此置茶园，并从事茶事研究。陆羽在此作有《顾渚山记》。顾渚山是陆羽撰写《茶经》的主要地区之一，被誉为“中国茶文化的发源地”。

茶中杂咏·茶笋[1]

【唐】皮日休

褎然[2]三五寸，生必[3]依岩洞[4]。
寒恐结红铅，暖疑销紫汞。
圆如玉轴光，脆似琼英冻。
每为遇之疏，南山挂幽梦。

【注 释】

①茶笋：茶叶的鲜嫩茶芽。
②褎然：指茶芽出类拔萃。
③生必：固执地生长于。
④岩洞：地面上有天然顶盖的洞穴。

顾渚紫笋是用鲜嫩的茶芽制作而成，茶芽长三五寸，这种茶芽的茶树生长于岩洞烂石之中。

岩洞中温度适宜，不冷也不热。过于寒冷，茶芽就会结红铅；太暖了，就会生出紫汞。

茶芽，清新而有光泽，就像卷轴一样圆，像美玉一样脆。

采摘茶芽必须小心翼翼，如果稍有疏忽，就不能采摘到好的茶叶，这种山南的茶芽带给人的惊喜，就像美梦一样。

赏析

诗中的茶笋指的是唐代的贡茶顾渚紫笋，是用新鲜嫩芽制成的，通过描写茶树的生长环境表明了这种茶叶的珍贵。前两句指出茶笋生长的环境，后六句是对茶笋生长环境的具体描写。

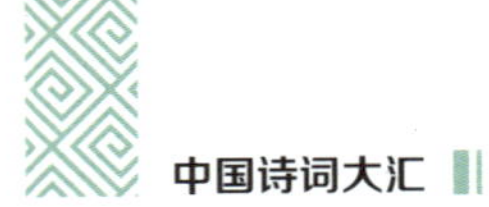

茶中杂咏·茶籝[1]

【唐】皮日休

筤筹[2]晓携去，蓦[3]个山桑[4]坞。
开时送紫茗[5]，负处沾清露[6]。
歇把傍云泉，归将挂烟树。
满此是生涯，黄金何足数。

【注 释】

①茶籝：一种盛储茶具的竹制箱笼。
②筤筹：用竹子编制而成的器具。
③蓦：超越。
④山桑：桑树的一种，诗中指竹制的器具要比桑枝做的好很多。
⑤紫茗：紫色的茶芽，诗中指品质最好的茶。茶圣陆羽在《茶经》中记载："紫者上，笋者上。"
⑥清露：洁净的露水。

译 文

天刚刚拂晓的时候，茶人携带着茶篮出门，这种竹篮比桑树制作的要好很多。

到达茶园后，茶人开始采摘鲜嫩的茶芽，不断地将紫笋茶芽放进茶篮，不一会儿，身上就沾满了露水。

累了的时候，茶人就在高耸入云的山泉边休息片刻，归来时，倒出茶叶后，就将茶篮挂在院子中的树上。

这样的生活是多么的美好，充满诗情画意，即使黄金放在眼前，也不会改变心意。

赏析

这首关于茶的诗句细致地描述了顾渚山茶农一天的采茶活动和他们对茶事生活的态度。

茶中杂咏·茶舍[①]

【唐】皮日休

阳崖[②]枕白屋[③]，几口嬉嬉[④]活。
棚上汲[⑤]红泉[⑥]，焙前蒸紫蕨[⑦]。
乃翁[⑧]研茗[⑨]后，中妇拍茶歇。
相向[⑩]掩柴扉，清香满山月。

【注 释】

①茶舍：一般指与茶有关的房舍。诗中指制作茶叶的房舍。
②阳崖：向阳的山崖。
③白屋：古代指平民的住屋。因无色彩装饰，故名。
④嬉嬉：欢喜笑貌。
⑤汲：从井里打水。
⑥红泉：红色的泉水。
⑦紫蕨：紫色的茶芽。
⑧乃翁：年长的人，指父亲对儿女的自称；称他人的父亲。
⑨研茗：细磨茶叶成粉状。
⑩相向：指相对，面对面。

译 文

几座茶人的房屋坐落在向阳的山崖边上，几个茶人正在高兴地制茶。

从井棚里打出来甘泉，做好焙茶的准备，鲜嫩的茶芽要蒸一下，再进行焙茶。

老人们碾茶后，把茶叶交给中年妇人们拍茶，乘此机会，老人们可以休息一下。

柴门面对面地半掩着，茶的清香飘散开来，在月光下布满整个山谷，令人心旷神怡。

赏析

诗词描写出茶舍人家焙茶、研（碾）茶、煎茶、拍茶辛劳的制茶过程。描述了顾渚山茶人的居住、劳动及环境，很有生活气息。

茶中杂咏·茶灶①

【唐】皮日休

南山②茶事动，灶起岩根傍③。
水煮石发④气，薪然杉脂香⑤。
青琼⑥蒸后凝，绿髓炊来光。
如何重辛苦，一一⑦输⑧膏粱⑨。

【注　释】

①茶灶：指烹茶的小炉灶。
②南山：泛指山峰，诗中指作者期望之地。
③岩根傍：岩石的旁边。
④石发：生于水边石上的苔藻。
⑤脂香：独特的油脂香气。
⑥青琼：比喻茶叶。

⑦一一：含有每一、逐一、各个、任一等意。
⑧输：赶不上。
⑨膏粱：泛指美味的饭菜。

译文

远处的山峰之中有隐士在煮茶，他将烹茶的小炉灶安放在岩石的旁边。

炉灶中水沸腾时，岩石上的苔藻随之也散发水汽，这种水汽夹杂着杉树木柴的油脂香。

蒸过的茶叶，再放凉晒干，只见茶的叶脉出发出隐约的光亮。

用这种方法来制作茶叶是非常辛苦的一件事情，而且每次都要一次性完成，所以往往错过吃饭的时间。

赏析

这是一首写茶农垒灶煮制茶叶的辛劳的诗句。茶事开动即垒灶，接着燃薪煮水，然后炊蒸茶叶。如此辛苦，茶农们却一无所获。“一一输膏粱”，末联体现了诗人的悯农情怀。

茶中杂咏·茶焙[1]

【唐】皮日休

凿彼碧岩[2]下，恰应深二尺。
泥易带云根[3]，烧难碍[4]石脉[5]。
初能燥金饼[6]，渐见[7]干琼液[8]。
九里共杉林，相望在山侧。

【注　释】

①茶焙：制茶的一种工具，古人将烘茶叶的器具称作茶焙。
②碧岩：山名，位于浙江长兴县横山乡境内。
③云根：深山云起之处。
④碍：妨害，限阻。
⑤石脉：山石的脉络纹理。
⑥金饼：茶叶饼的美称。
⑦渐见：逐渐看到。
⑧琼液：美味的汁液。

译　文

茶人在碧岩山下，凿了很多焙茶的坑，这些坑有二尺深。

烧火焙茶，烟气缭绕，形成了深山云雾的源头，但是再大的火也不能破坏深山的石脉。

刚开始的时候用来干燥茶饼，渐渐地能焙美味的茶叶。

这些焙坑建在山的两侧，遥遥相望，绵长而壮观，与旁边的杉树林一起，交相辉映，自然和谐。

赏析

这首诗细腻地描述了茶焙的状貌：一、二联实写茶焙的建造情状：在山岩下二尺许凿焙，上垒矮墙，以利排烟，焙坑烧火，封堵石脉中的渗水。第三联介绍茶焙的功用：燥金饼，干琼液。末联描写山脚下茶焙众多，首尾相望，颇为壮观。

茶中杂咏·茶鼎[1]

【唐】皮日休

龙舒[2]有良匠[3]，铸此佳样[4]成。立作菌蠢[5]势，煎为潺湲[6]声。
草堂[7]暮云[8]阴，松窗[9]残雪明。此时勺复茗，野语知逾清。

【注　释】

①茶鼎：煮茶所用的一种形似鼎的茶具。鼎，古代烹煮用的器物。
②龙舒：地名，今指安徽舒城县龙河镇一带。
③良匠：手艺精巧的工匠。
④佳样：绝美的样品。
⑤菌蠢：谓如菌类之短小丛生。
⑥潺湲：水慢慢流动的样子。
⑦草堂：草庐。隐者所居的简陋茅屋。
⑧暮云：晚霞。
⑨松窗：毗邻松树的窗户，多指别墅或书斋。

译　文

龙舒这个地方有手艺精巧的工匠，设计制造了精美的茶鼎。

茶鼎比较小，竖立起来就像菌类一样，煎茶时发出的声音就像水慢慢流动发出的潺潺声。

草屋门前的晚霞已经渐渐变暗了，窗外松树林里的残雪还是白皑皑的。

此时此刻用茶鼎煎煮几壶好茶，感受饮茶的清静。好的茶鼎才能煎煮出好的茶味，才能体味这清闲宁静。

赏析

这是一首关于古代煮茶器具的诗句。首联说明上好的茶鼎出自安徽舒城的良匠之手，颔联刻画茶鼎如灵芝一样的形状及煎茶时的响水之声，颈联交代煮茶之士隐居的草堂环境，尾联叙写一次又一次饮茶之后的心态——“野语知逾清”，说明只有佳鼎煮佳茗，方能凸显茶的功效。

茶中杂咏·茶瓯[1]

【唐】皮日休

邢客[2]与越人[3]，皆能造兹器[4]。
圆似月魂堕，轻如云魄起。
枣花势旋眼，蘋沫香沾齿。
松下时一看，支公[5]亦如此。

【注　释】

①茶瓯：品茶用的茶碗、茶杯。
②邢客：邢窑的匠人。
③越人：越窑的匠人。
④兹器：瓷器。
⑤支公：人名，汉典晋高僧支道林。

译　文

邢窑的匠人和越窑的匠人，技艺精湛，都能建造出精美的瓷器，而精美的茶瓯就是出自他们之手。

茶瓯既圆又轻，像满月一样圆，像飘云一样轻。

用枣花形状的茶瓯来品茶，首先映入眼帘的是美丽的枣花外形，满眼的美景、美物，轻轻啜一口最上层的茶沫，茶沫沾满了牙齿，满口茶香。

坐在松树下一边用精美的茶瓯品茶，一边欣赏周边的美景，全身心地享受饮茶的乐趣，即使支公也不过如此吧？

赏析

这是一首描写古代品茶器具的诗句，名贵的茶瓯出自邢窑与越窑；它们圆似月魂，轻如云魄，十分适于饮茶。茶瓯是典型的唐代茶具之一，也有人称之杯、碗。至宋代时，发展成为饮酒斗茶的一种标志性日用茶具。茶瓯又分为两类，一类以玉璧底碗为代表；另一类常见的是茶碗花口，通常为五瓣花形，一般出现在晚唐时期。

茶中杂咏·煮茶

【唐】皮日休

香泉①一合②乳，煎③作连珠沸④。
时看蟹目⑤溅，乍见鱼鳞⑥起。
声疑⑦松带雨，饽⑧恐生烟翠。
尚把沥⑨中山，必无千日醉。

【注 释】

①香泉：清澈甘甜的泉水。
②一合：合，为中国古计量单位，约 0.15 公斤，十合为一升。
③煎：煮茶。
④连珠沸：泉水接连不断地冒泡，诗中指泉水沸腾。

⑤蟹目：喻水初沸时泛起的小气泡。
⑥鱼鳞：比喻水面的波纹。
⑦疑：疑似。
⑧饽：茶上浮沫。
⑨沥：液体的点滴。

译　文

取一合清澈甘甜的泉乳，当煎煮到有连珠水泡冒出时，就可以品饮了。

茶汤刚沸时，冒出像螃蟹的眼睛一样的小气泡，泛起像鱼鳞一样的水纹，发出像松鸣声一样的响声，茶沫呈翠绿色，青烟袅绕。

如果在这深山中能够以茶代酒，必然不会有酩酊大醉的情形出现了。

赏析

这是一首关于煮茶的诗句。煮茶，顾名思义就是把茶煮着来喝。其实在中华文明鼎盛的唐宋时期，中国人喝茶就是煮着喝的。茶圣陆羽在《茶经》中，专门阐述了煮茶的过程。

奉和袭美茶具十咏·茶舍

【唐】陆龟蒙

旋取[1]山上材[2]，驾[3]为山下屋[4]。
门因水势斜，壁任岩隈曲[5]。
朝随鸟俱散，暮与云同宿。
不惮[6]采掇[7]劳，只忧官未足。

【注　释】

①旋取：来来回回、一趟又一趟地选取。
②材：木材，木料。
③驾：建造。
④屋：诗中指茶舍。
⑤隈曲：山水弯曲处。
⑥惮：害怕。
⑦掇：拾取；摘取。

译 文

一趟又一趟地选取山上的木材，在山下建造了一座茶舍。

大门因水势而建成倾斜方向，墙壁根据岩石的走向而建造得弯弯曲曲。

茶人每天早上像鸟儿一样很早就起来，到山林里去采茶，等天黑之后才回到家里睡觉。

不怕采茶很辛苦，只担心采不够官府催逼的贡茶。

赏析

此诗前两联描写茶舍的建造情况；后两联描写茶人采茶的辛苦，表现出诗人对茶人的体察和同情。

奉和袭美茶具十咏·茶灶

【唐】陆龟蒙

无突抱轻岚[①]，有烟映初旭[②]。
盈锅玉泉[③]沸，满甑[④]云芽[⑤]熟。
奇香袭[⑥]春桂[⑦]，嫩色凌[⑧]香菊[⑨]。
炀者[⑩]若吾徒，年年看不足。

【注　释】

①岚：山间的雾气。
②初旭：早晨的太阳。
③玉泉：甘甜清澈的泉水。
④甑（zèng）：古代蒸饭的一种瓦器。诗中指蒸茶的器具。
⑤云芽：水汽中的茶芽。
⑥袭：触及；熏染。
⑦春桂：诗中指春天，春色。
⑧凌：迫近，逼近。
⑨香菊：诗中指如菊花般的黄色。
⑩炀者：指灶下烧火的人。

译　文

山中被雾气环抱着，如烟的雾气映射着早晨的太阳。

锅中那甘甜清澈的泉水已经沸腾了，整个甑里的茶芽都已经熏蒸完毕。

高扬特殊的香气熏染着美丽的春色，茶叶鲜嫩的颜色已经接近菊花的黄色。

灶下烧火的人如同我的门徒，每一年都会见到他，这种场面年年看不足。

赏析

《茶灶》形象地记述了制茶的情景。诗中可知，唐代制茶所用茶灶是无烟囱的，满锅的水沸后，茶芽蒸熟，此时茶汁凝结，香如春桂，色如秋菊。

夏昼偶作

【唐】柳宗元

南州溽暑醉如酒①，隐几②熟眠开北牖③。
日午④独觉无余声，山童隔竹敲茶臼⑤。

【注　释】

①南州：指永州。溽(rù)暑：又湿又热，指盛夏的气候。醉如酒：像喝醉了酒那样要打盹。
②隐几：凭倚着几案。
③北牖（yǒu）：北窗。
④日午：中午。
⑤敲茶臼（jiù）：制作新茶。茶臼，指捣茶用的石臼。

作者名片

柳宗元（773—819），字子厚，唐代河东（今山西运城）人，杰出诗人、哲学家、儒学家乃至成就卓著的政治家，唐宋八大家之一。著名作品有《永州八记》等六百多篇文章，经后人辑为三十卷，名为《柳河东集》。因为他是河东人，人称柳河东，又因终于柳州刺史任上，又称柳柳州。柳宗元与韩愈同为中唐古文运动的领导人物，并称“韩柳”。在中国文化史上，其诗、文成就均极为杰出，可谓一时难分轩轾。

译　文

永州盛夏时节，人总是像喝醉了酒那样要打盹，推开北窗，凭倚着几案酣然熟睡。

中午独睡时只觉得大地死一般的寂静，隔着竹林，只有山童捣制新茶时敲击茶臼的声音。

赏析

诗人写闲逸的生活，写幽静的心境，反映了他在沉重压抑中追求的一种精神寄托。怀才遭谤，处境孤立，久贬不迁，而今是良马羁于厩内，猛虎囚禁柙中，因此对悠闲自在的生活十分向往。

这首诗前两句写盛夏之暑气使得诗人靠着案桌沉沉睡去之情景；后两句写四周空无一声，唯见村童在竹林捣臼煎烤茶叶。全篇可谓简而佳妙：暑热使人醉如酒，比喻生动；眠觉而无声，点出夏日午后之静谧；山童敲茶臼，其声远而清脆，“茶”又使人滋生解渴清凉之意，有如“心静自然凉”之语。

诗的首句，直白与细描并用，交代了夏昼的气候特点：“溽暑”，既潮湿，又闷热，这与北方迥然不同。“醉如酒”，形象地状写出了人们的难熬溽暑之态。由于湿度大，温度高，自然憋闷难禁，体力不支，心烦意懒，疲惫欲睡。这一句话张力颇大，叙事、抒情和感慨，均由此而生发。第二句紧承前脉，并与首句构成因果关系。溽暑难当，就打开北边的窗户，以透进丝丝凉意；困乏不堪，俯倚几案就酣然大睡，而且睡得既香且久。在这里，虽无丝竹管弦之盛，亦无一觞一咏之乐，但能身舒神爽，逸兴遄飞，岂不快哉！三、四句写诗人中午醒来，万籁俱寂，只听见隔着竹林的那边，有山村的儿童敲茶臼的声音。这首诗中以有声写无声，衬托出夏日中午环境的分外幽静，从而在极端偏僻、极端孤寂的境界中，微微透露出一点空灵生动的契机。

巽上人以竹间自采新茶见赠酬之以诗[1]

【唐】柳宗元

芳丛翳湘竹，零露凝清华。
复此雪山客[2]，晨朝掇灵芽[3]。
蒸烟俯石濑，咫尺凌丹崖[4]。
圆方丽奇色，圭璧无纤瑕[5]。
呼儿爨金鼎[6]，馀馥延幽遐。
涤虑发真照，还源荡昏邪[7]。
犹同甘露饭[8]，佛事薰毗耶[9]。
咄此蓬瀛侣[10]，无乃贵流霞。

【注　释】

①巽（xùn）上人：永州龙兴寺僧人重巽。见赠：相赠，这里是送给我的意思。酬：答谢，回报。

②复：又，再，更。雪山客：在雪山隐行修禅的佛祖。这儿指山寺中的重巽上人。

③掇（duō）：拾取，采摘。灵芽：珍异的茶叶嫩芽。灵，神异的，美妙的。

④咫（zhǐ）尺：距离很近。咫，古代八寸。凌：在……上方，覆压。丹崖：赭红色的山崖。这里其实就是指山崖，丹崖是古代诗文中常用辞藻。

⑤圭（guī）璧：古代帝王、诸侯在盛大典礼活动中所执的两种玉器，比喻人品美好。纤瑕：细微的缺点毛病。瑕，玉石上的疵点。

⑥爨（cuàn）：炊，这儿指煎煮茶水。金鼎：华贵的炊具。金，黄金，喻华贵。鼎，上古贵族所使用的一种炊具，多为礼器。这里金鼎也是古代诗文中常用的辞藻，其实是指煎茶的锅子或壶罐之类。

⑦还源：回到本源，回复本性。源，水的源头，借指人的原初本性或本质。荡：清除，冲洗干净。昏：昏沉，神志不清。邪：邪气，影响身心的不正常因素。

⑧甘露饭：佛祖如来的斋饭，味如甘露一样香甜。

⑨佛事：佛教徒供奉佛祖的法事。这儿指佛祖如来化缘来的斋饭，即上面所说的甘露饭。薰：通“熏”，指香气散发开来，使别的物体沾染了香气。毗（pí）耶：梵语词，即毗耶离城，佛经中指古印度的一座大城市，为释迦牟尼逝世的地方。

⑩咄（duō）：叹词，犹啧，表示惊诧赞叹。这儿用作动词，意思是对……发出赞叹声。

蓬瀛侣：仙客的友伴。这里指香茶，如同修行者的友伴，为寺观所常备。蓬瀛，两座仙岛名，即蓬莱和瀛洲。

译文

芳香的茶树丛掩隐在青翠的湘妃竹林里，叶上那滴滴神露凝聚着纯洁的光华。

更有这山寺的得道高僧深知茶道，在清晨采回了这珍奇的细嫩茶芽。

晨雾紧贴着石涧奔湍的山泉蒸腾而上，采茶之处离山崖之顶也不过咫尺之差。

盛茶的器具有圆有方，色泽绝非一般，茶叶品质如圭如璧，真是美玉无瑕。

我吩咐家人用华贵的茶具去煎这难得的奇茶，淡淡的余香弥漫到远处的人家。

这纯和的茶香让我的灵魂得以净化，并以自然的本真荡去内心的昏邪。

它如同佛祖如来那甘露一般的斋饭，一下子熏香了毗耶城和整个天下。

这香茶是蓬瀛仙客的友伴，谁不惊叹，恐怕更珍贵于天上神奇的仙酒流霞。

赏析

对于珍贵的名茶，柳宗元自然十分赞赏和珍视，但是既为其物，更为其人，因为这是柳宗元在贬谪永州时的第一位友人所赠，且为亲手所采，关爱殷切，情意殷深，使困窘中的柳宗元倍感精神上的慰藉和友情的可贵。赞美茶叶，其实更是赞美友人的情谊。所以柳宗元要用“金鼎”烹茶，要以自作新诗回赠，更要从精神人品的高度来立意构思，这既为共勉，也为自励。

主诗分为两个部分。

第一部分为前八句。开头两句主要讲了这茶树生长在密密的斑竹林中，为清莹的雨露所滋润。“湘竹”二字既给茶叶赋予了美丽动人的神话色彩，又照应到诗题“竹间”二字。富有经验的采茶者都知道，采茶时间最好是每年初春谷雨前后的新芽之时，若在清晨日出前带露采摘其品质更高。诗中第三、四句说重巽亲自“晨朝掇芽”，表现出重巽深懂茶道，正合采茶之法。采茶的时间是否适当，对茶叶品质的好坏，也是至关重要的，所以诗中用一个“复”字。这个“复”字，乍读之下，很难理解和译出，其实是把奇特的竹间茶树和正确的采摘时间两方面联系起来。第三、四句诗，既说明了茶叶品质美好的另一个原因，又与诗题中“自采新茶”四字相照应。茶叶又以高山云雾茶为佳，诗中第五、六句诗所说的“蒸烟”和“丹崖”，正是指明了云雾和高山这两点，表明了茶叶品质上乘。第七句是说盛装茶叶的器具其形状之美，色泽之奇之特，间接衬托出了这茶叶的名贵与稀罕。第八句则是用典故比喻，直接评述茶叶品质的纯美无瑕。

诗歌的第二部分是惊赞茶叶香气的奇妙。首先是香气持久悠长。其次是茶香的神奇功效。喝了好茶，可以提神、祛秽，诗中的第十一句和第十二句，就是围绕这两方面来说的。喝好茶有益于身心的健康，这是一般人从生理角度来理解的。然而柳宗元则从心理角度加以发挥，提升到了人的精神思想品格的高度来评价好茶的妙用。“涤虑发真照”是说茶香净化了人的思想道德，显露出人的毫无污染的真情本相。“还源荡昏邪”是说茶香清除了精神意识中的昏浊邪恶，使人回复到自然天性，保持清白纯洁的境界。可见，诗人在此用到了双关象征手法。这么立意构思，就非常巧妙深刻，富有诗意。正因为这茶

香不仅有益于人的生理健康，还能有益于人的精神的健康，使人脱俗，所以才是最为神妙的珍异的上品。也正因为这茶叶具有这样的神奇功效，所以下面柳宗元连用佛教道教中的两种神奇的故事来加以比较。佛祖如来的甘露饭，香气熏染了毗耶城和大千世界，其实是说佛法广大，教化感人，使人皈依正道。道家仙客所饮流霞仙酒，使人数月不饥，其实是丹药神力，使人清心寡欲，不贪不痴，修成仙体。它们同为食物，都具有神奇功效，所以柳宗元用它们来与茶叶相比。不过，柳宗元自己更为信佛，而且斋饭、茶叶易得，流霞难求，所以诗中要说香茶“犹同”甘露饭，而“贵”于流霞。

题禅院

【唐】杜牧

觥船一棹百分空[①]，十岁青春不负公[②]。
今日鬓丝禅榻[③]畔，茶烟轻飏[④]落花风。

【注　释】

①“觥（gōng）船”句：化用毕卓典故，据《晋书·毕卓传》：“得酒满数百斛船，四时甘味置两头，右手持酒杯，左手持蟹螯，拍浮酒船中，便足了一生矣。”觥，酒杯。觥船即载满酒的船。棹，船桨。

②公：指酒神。

③禅榻：禅床，僧人打坐用的床具。

④飏（yáng）：飘。

作者名片

杜牧（约803—852），字牧之，号樊川居士，京兆万年（今陕西西安）人。杜牧是唐代杰出的诗人、散文家，是宰相杜佑之孙，杜从郁之子。唐文宗大和二年26岁中进士，授弘文馆校书郎。后赴江西观察使幕，转淮南节度使幕，又入观察使幕，历任国史馆修撰，膳部、比部、司勋员外郎，黄州、池州、睦州刺史等职。因晚年居长安南樊川别墅，故后世称“杜樊川”，著有《樊川文集》。杜牧的诗歌以七言绝句著称，内容以咏史抒怀为主，其诗英发俊爽，多切经世之物，在晚唐成就颇高。人称“小杜”，以别于杜甫——“大杜”。与李商隐并称“小李杜”。

译　文

整条酒船上的酒喝个精光，十年的青春岁月，总算没有虚度。

今日，我两鬓银丝，躺在寺院的禅床上，风吹落花，茶烟在风中轻轻飘扬。

赏析

全诗通过酒与茶两种境界的对比描写，深蕴着对人生的独特感悟。年轻时的风流放浪以及壮志难酬，全在“觥船”“青春”等语句中体现出来；而今清静禅院中的“禅榻”“茶烟”所引发的万般感慨，如同萦绕于落花风中的茶烟一样散

去无踪。这首诗中包含着对年华老去时的感念与豁达、对过去青春岁月的追怀两种截然不同的情绪，全诗洒落而不见其辛酸。

前两句写诗人年轻时落拓不羁、以酒为伴的潇洒生活。诗人暗用毕卓的典故，说自己十多年来，常常乘着扁舟载着美酒，自由自在地泛舟漂流，在酒的世界里如同毕卓那样，忘忧忘返，觉得万事皆空。用十年的青春岁月来与酒相伴，真算得上不辜负酒神之称谓。这里的“觥”“公”同音双关，由“觥”到“公”的转换见出诗人对酒的赞颂，酒以其忘忧解忧而成了诗人的友人、恩人。由此也暗寓着诗人在多年来郁郁不得志、借酒浇愁的真实生活状态。

后两句表现出一种洞悉世情的洒脱。诗人如今已经两鬓斑白了，斜卧在禅床边，品着僧人献上的清茶，见煮茶的袅袅轻烟盘旋在微风中，此刻的闲情与安逸惬意飘然。可能是诗人借清茶一杯以消酒渴，也可能是晚年因体衰而不能多饮聊且以茶代酒，或是因茶而思酒，但这两句所透露出来的清幽境界和旷达情思，韵味深长。诗人杜牧平生留心当世之务，论政谈兵，卓有见地，然而却投闲置散，始终未能得位以施展抱负，以致大好年华只能在漫游酣饮中白白流逝，落得“今日鬓丝禅榻畔，茶烟轻飏落花风”的结果。此处“茶烟”与前面的“觥船”相应，“落花”与“青春”相应，说明一生自许甚高的诗人已经步入衰老之境，不仅施展抱负无从说起，就连酣饮漫游也不复可能，只有靠参禅品茗来消磨剩余的岁月。

故人寄茶

【唐】曹邺

剑外[1]九华英，缄题[2]下玉京。
开时微月上，碾处乱泉声。
半夜邀僧至，孤吟对竹烹。
碧流霞脚碎，香泛乳花轻。
六腑睡神去，数朝[3]诗思清。
其馀[4]不敢费，留伴肘书行。

【注　释】

①剑外：剑阁以南的蜀中地区。
②缄题：这里指书信。
③数朝：几天。
④馀：剩下的。

作者名片

曹邺，字邺之，生卒年不详，桂州阳朔县人。晚唐重要诗人，以五言古诗著称。在京城应考十年，九次落第，最后由于其《四怨三愁五情诗》为中书舍人韦悫赏识，荐于礼部侍郎裴休，终于大中四年（850）进士及第，时年约40。死后葬于桂林。《全唐诗》收其诗作二卷。

译　文

友人从剑外寄来的名茶“九华英”，随着书信抵达玉京，来到诗人手上。

打开的时候月牙初上，碾茶的声音听起来就像是乱泉跃动。

不忍自己一人独享，夜半时分邀得僧友共同品赏，亲自烹茶，对月吟诗。

煎好的茶汤，沫沉华浮，香气飘溢。看着碧绿的茶叶慢慢地沉到碗底，泛起一阵乳花和清香。

喝到口里，精神一下焕发起来。饮后诗思就如泉涌发，几天都收不住。

剩余的茶饼更加珍惜，只有读书写字的时候才舍得取用。

赏析

此诗描写收到故人寄来的茶叶后，曹迫不及待，半夜邀请僧友来到家里，一道烹茶，共同品尝的心境，其情其景真切感人。诗句意境高雅清新，透射作者好茶、惜故、乐众的高雅情操。

与亢居士青山潭饮茶

【唐】灵一

野泉烟火白云间，坐饮香茶爱此山。
岩下维舟不忍去，青溪流水暮潺潺。

作者名片

灵一和尚，生卒年均不详，约唐代宗广德中前后在世。童子出家。初隐麻源第三谷中，结茆读书。后居若耶溪云门寺，从学者四方而至。

又曾居余杭宜丰寺。禅诵之余，辄赋诗歌。与朱放、强继、皇甫冉兄弟、灵澈为诗友，酬唱不绝。后逝于岑山。灵一著有诗集一卷，《文献通考》传于世。

译文

山野泉水的声音与袅袅炊烟在白云间飘荡，坐在这我深爱着的山里饮着香茶。

那岩石上系着的小船也不忍离去，要和流动着的清澈的溪水一起到傍晚。

赏析

文人择水煎茶不只为着口腹之欲，还要在饮茶的全过程中获得精神方面的享受。

这首诗的前两句写饮茶，野泉、烟火、坐饮香茶、白云缭绕，一个爱字道出了两人饮茶之乐；后两句写志归，青溪流水，岩下维舟，一幅茶禅境界，两个乐不思归人。

野泉白云之间，有人间烟火；杳寂寺院之中，有高僧品茗而坐，静中有动，画中有僧，寺中有茶，饮中有乐；画面幽深清隽，但并非清空入骨。尽管天色已晚，不忍放舟离去，潺潺流水带来无垠的暮色，刻画出一个僧人于山中游览不知归途的景象。但是，这里表现出的是山水与茶禅合而为一的妙景。流连忘返的是个中三昧，不返的是红尘之界、食欲之境。似嗔而非嗔，似痴而不痴，心性澄澈如水，法我两相般若，摆脱名利羁绊的禅音之心，沐浴青山秀水的静谧之真，尽在其中。全诗从风景到心境，从禅境到禅理，从画内到方外，层层递进，意会而神驰。

夏日题老将林亭[1]

【唐】张蠙

百战功成翻爱静，侯门渐欲似仙家[2]。
墙头雨细垂纤草，水面风回聚落花。
井放辘轳[3]闲浸酒，笼开鹦鹉报煎茶[4]。
几人图在凌烟阁[5]，曾不交锋向塞沙[6]？

【注　释】

①林亭：老将军的住所。
②侯门：君主时代五等爵位第二等为侯，这里指老将军的府第。仙家：仙人所住之处。
③辘轳（lù lú）：利用轮轴制成的一种起重工具，用在井上汲水。
④煎（jiān）茶：烹煮茶水。
⑤凌烟阁：贞观十七年（643），唐太宗将开国功臣长孙无忌等二十四人的画像刻在凌烟阁内。唐太宗亲自作赞，褚遂良书，阎立本画。这二十四人都曾是带兵打仗的武将。
⑥向塞沙：在塞外沙场作战。这里泛指带兵作战。

作者名片

张蠙（生卒年不详），字象文，清河（今河北省邢台市清河县）人。生卒年均不详，约唐哀帝天复初前后在世。唐代著名诗人、才子。生而颖秀，幼能为诗登单于台，有“白日地中出，黄河天上来”名，由是知名。乾宁二年，(895) 登进士第。唐懿宗咸通（860—874）年间，与许棠、张乔、郑谷等合称“咸通十哲”。

译　文

身经百战功成名就反倒喜欢平静，显赫侯门日渐清幽好像洞仙人家。

墙头上细雨蒙蒙低垂着纤纤绿草，水面上微风回旋聚集着片片落花。

到井台放下辘轳闲逸中浸凉美酒，开鸟笼鹦鹉学舌提醒人莫忘煎茶。

有几人有资格将形象画在凌烟阁，却不曾身经百战交锋于塞外黄沙？

赏析

首联概括点出老将心境的寂寞及其门庭的冷落。一个“翻”字，甚妙。老将有别于隐士，不应“爱静”，却“翻爱静”；“侯门”与仙人的洞府有异，不应相似，偏“渐欲似”，这就把这位老将不同于一般的性格揭示出来。

颔联、颈联四句，做了具体刻画。“墙头雨细垂纤草”，“侯门”的围墙，经斜风细雨侵蚀，无人问津，年久失修，已是“纤草”丛生，斑驳陆离。状“纤草”着一“垂”字，见毫无生气的样子，荒凉冷落之意，自在言外。“水面风回聚落花”，写园内湖面上，阵阵轻微的旋风，打着圈儿，把那零零落落浮在水面上的花瓣，卷聚在一起。这里只用了七个字，却勾画出一幅风自吹拂、花自飘零、湖面凄清、寂寞萧条的景象。园林冷落如许，主人心境可知。这是诗人寓情于物之笔。

“井放辘轳闲浸酒”，老将取井水之凉，使酒清凉爽口，写其闲适生活。“笼开鹦鹉报煎茶”，打开鹦鹉笼子，任其自由往来，好让它在有客光临时报告主人，督请煎茶待客。这两句从侧面借助物情来反映人情，不仅使画面的形象鲜明生动，构成一个清幽深邃的意境，而且深刻细腻地揭示出老将的生活情趣和精神状态，手法相当高明。

尾联“几人图在凌烟阁，曾不交锋向塞沙”，在凌烟阁画像留名的人，又有谁不曾在战场上立过功呢？功劳是不可抹杀的，感到寂寞与萧条是大可不必的。这两句用反诘的句式对老将进行规劝与慰勉，揭示全诗的主旨。

这首诗因颔联两句饮誉诗坛。王衍品读之后，很是欣赏，于是赐张蠙霞光笺，并将召掌制诰。权臣宋光嗣以其“轻傲驸马”，遂止。

峡中[1]尝茶

【唐】郑谷

簇簇新英摘露光[2]，小江园[3]里火煎尝。
吴僧漫说鸦山[4]好，蜀叟休夸鸟嘴[5]香。
合座半瓯轻泛绿[6]，开缄数片浅含黄[7]。
鹿门病客[8]不归去，酒渴更知春味长。

【注　释】

①峡中：指峡州，因在三峡而得名。
②簇簇：茶芽簇聚的样子。新英：即新萌发出的茶草。摘露光：在有露水的时候采茶。
③小江园：茶叶的名称。《广群芳谱·茶谱》：“峡州小江园……皆茶之极品。”
④鸦山：在安徽宣城。鸦山茶为唐代名茶。
⑤鸟嘴：四川的一种名茶，极嫩。
⑥轻泛绿：茶汤呈浅绿色。
⑦开缄：把包装着的茶叶包打开。浅含黄：茶饼外形呈浅黄色。
⑧鹿门病客：唐诗人皮日修早年住湖北鹿门山，自号“鹿门子”，这里是作者（郑谷）自指。
⑨春味：即茶味。

作者名片

郑谷（约851—约910），字守愚，汉族，江西宜春市袁州区人，唐朝末期著名诗人。唐僖宗时进士，官都官郎中，人称郑都官。又以《鹧鸪诗》得名，人称郑鹧鸪。其诗多写景咏物之作，表现士大夫的闲情逸致。风格清新通俗，但流于浅率。曾与许棠、张乔等唱和往还，号“芳林十哲”。原有集，已散佚，存《云台编》。

译　文

那一簇簇刚刚萌发的新茶芽，是带着晨露就摘下来的，在小江园里点燃炉火，慢慢地煎茶，慢慢地品尝。

吴地的僧人不要炫耀“鸦山茶”好，蜀地的老叟也不必夸“鸟嘴茶”香。

坐下来慢慢观赏那透着浅绿色的茶汤，再打开茶叶包细细把玩一片片浅黄色的茶叶。

面对着这样的好茶，我真是久久不忍离去，要是酒后口渴再饮此茶，那一定是更能感觉到这茶味的绵长。

赏析

这首诗，不仅让人如临其境般地感受到小江园茶的美味，能够感受到诗人在峡中尝茶时如痴如醉的愉悦心情。

此诗是诗人客居峡州时在当地最有名茶园的小江园品茶时

所作。所品茶为当时峡州名茶，叫“小江园茶”，属茶之极品。

诗人不直接写茶味，而从摘茶写起：“簇簇新英摘露光，小江园里火煎尝。”品茶后，诗人并不直接写小江园茶味如何美，而是采取比较的手法来称赞小江园茶。他很幽默地说：“吴僧漫说鸦山好，蜀叟休夸鸟嘴香。”其实，产于安徽宣城的鸦山茶和产于四川的鸟嘴茶都是唐代名茶，但诗人特意用这两种茶来与小江园茶做对比。在他看来，这小江园的茶简直就是天下无双了。如此褒奖小江园茶，诗人仍意犹未尽，又细细地描述小江园茶给人的视觉美：“合座半瓯轻泛绿，开缄数片浅含黄。”最后诗人用酒后喝茶来写小江园茶味的独特：“鹿门病客不归去，酒渴更知春味长。”

贡余秘色茶盏

【唐】徐夤

捩①翠融青瑞色②新，陶成先得贡吾君。
巧剜明月染春水，轻旋薄冰盛绿云③。
古镜破苔当席上，嫩荷涵露别江濆④。
中山⑤竹叶⑥醅初⑦发，多病那堪⑧中⑨十分。

【注　释】

①捩（liè）：揉入。

②瑞色：即瑞气，瑞应之气，泛指吉祥之气。宋·史浩《瑞鹤仙·元日朝回》词：“霭

祥烟瑞气，青葱缭绕。”

③绿云：指茶。

④江濆（fén）：江滨。

⑤中山：酒名。晋·张华《博物志》卷十：“昔刘玄石与中山酒家沽酒，酒家与千日酒，忘言其节度。归至家当醉，而家人不知，以为死也，权葬之。酒家计千日满，乃忆玄石前来沽酒，醉向醒耳。往视之。云：‘玄石亡来三年，已葬。’于是开棺，醉始醒。”俗云：“玄石饮酒，一醉千日。”后来就以“中山”作为美酒的代称。

⑥竹叶：酒名。竹叶酒在古代是对浅绿色酒的一种统称。

⑦醅（pēi）：未过滤的酒。白居易《问刘十九》：“绿蚁新醅酒，红泥小火炉。”

⑧那堪：怎能禁受。

⑨中：即中酒，醉酒。杜牧《睦州四韵》：“残春杜陵客，中酒落花前。”

作者名片

徐夤（849—921），字昭梦，福建莆田人。博学多才，尤擅作赋。为唐末至五代间较著名的文学家。唐昭宗乾宁元年（894）登进士第，授秘书省正字。后客游汴梁朱全忠幕府二年，之后回到福建，王审知（五代十国中的闽国开国国君）辟为掌书记。后归隐延寿溪，泉州刺史王延彬召入幕府，凡十余年，终老于延寿溪别墅。徐夤是晚唐写咏物诗的高手，其诗集中现存诗总共271首，其中咏物诗就有93首，超过三分之一。

赏析

这是一首咏器物秘色瓷茶盏的诗。全诗通过生动的描绘，从色彩、形状、光泽、陶醉等多种角度，层层迭进，极致赞叹秘色瓷器的精致完美。

首联直入主题，描写秘色瓷的釉色是把青色与翠色融合在一起，产生一种青葱缭绕的祥瑞高贵之气，这样的秘色瓷器生产出来后必须得先进贡给皇上使用。

颔联发挥了诗人的想象力，以形象说话：花大功夫从清漪的春水里捞取明月，挖出其一角精心雕琢，轻轻地旋转冰块刨

出极薄的杯子，盛放一片绿云在其中荡漾。形象地刻画了秘色瓷“类冰似玉”的特征，莹泽、滋润、通透、轻薄、明亮、精巧、规整等无法用语言形容的美妙都包含在“功剜明月染春水，轻旋薄冰盛绿云”之中。

颈联再进一步比喻：仿佛桌面上有一枚长满青苔的古镜，光亮从中迸发而出；又似刚从江边采摘来一片嫩荷叶，露珠在其中莹莹生辉。进一步从色泽、形状、亮度等角度来抒写，并佐证了秘色瓷“无中生水”的特征。上述形容，虽不如陆龟蒙“夺得千峰翠色来”的大气，却更加细腻动人，宛如绝色女子当前。

接下来的尾联，诗人另辟蹊径，借取中山酒“一醉千日”的典故，用病躯饮美酒、沉醉其中、千日不醒，来表达对秘色瓷茶盏的陶醉和激赏。整首诗紧紧围绕赞叹秘色瓷茶盏的主题，逐层推进，形象生动含蓄，把秘色瓷器的精美赞叹到了极致。

春日山中对雪有作

【唐】杜荀鹤

竹树无声或有声，霏霏漠漠散还凝[①]。
岭梅谢后重妆蕊[②]，岩水[③]铺来却结冰。
牢系鹿儿防猎客[④]，满添茶鼎候吟僧。
好将膏雨同功力[⑤]，松径莓苔[⑥]又一层。

【注　释】

①霏霏漠漠：形容雪花密而无声。散：飘散，指空中的雪。凝：凝结、凝聚，指飘落后的雪。

②重妆蕊：指雪凝结在花谢后的梅枝上，好像梅花又重新开放了一样。
③岩水：山岩积雪融化后的流水。
④鹿儿：驯养的小鹿。猎客：打猎的人。
⑤膏雨：滋润土地的雨水。功力：功能，功劳。
⑥莓：植物名，果实小，花托球形。苔：植物名，根、茎、叶的区别不明显，生在潮湿的地方。

作者名片

杜荀鹤(846—904)，字彦之，号九华山人，池州石埭(今安徽石台)人，唐代诗人。大顺进士，以诗名，自成一家，尤长于宫词。自序其文为《唐风集》十卷，今编诗三卷。事迹见孙光宪《北梦琐言》、何光远《鉴诫录》、《旧五代史·梁书》本传、《唐诗纪事》及《唐才子传》。

译 文

雪花打在竹丛和树枝上，不时发出沙沙响声；浓密的雪片从空中飘落下来，聚集在地面上。

岭头的梅花已经凋谢，现在又好像重新开放了；山岩积雪融化后的流水，却又结成寒冰。

要把驯养的小鹿拴牢，严防它们乱跑而被雪天打猎的人捉去；将煮茶的壶水添满，等候山寺的僧人共同品尝、吟诗。

可以将春雪同春雨的功劳相比；春雪过后，松间小路上的莓苔，将会更加浓密。

赏析

这一首咏雪诗，紧扣题中的“春日”“山中”来描绘，点明了时间、地点及环境状况，展示了一幅别具特色的山村春雪

景图。

首联，第一句写春雪落竹丛，“无声”之中仿佛“有声”，把春雪的那种温柔、缠绵和细密，写得惟妙惟肖，韵味很浓。首联第二句写春雪的“霏霏漠漠”及其“散”“凝”的形态，把雪花密而无声的那种状态写得十分逼真，“散”和“凝”这一组反义词同时加在了雪花的描述上，直接从状态上突出了雪花“似松非松，似散非散”的特点，矛盾而又统一，这样的雪才富有特色。

颔联，第三句中的“妆蕊”本就是用来描写梅花的，而作者所面对的却是雪白洁净的雪花，冬天刚刚过去，梅花早已凋零，而作者在这里点睛一笔，生动地再现了春雪缀满枝头，宛如梅花再放的景象。第四句中的“却结冰”写出了春雪带来的春寒，连山岩积雪融化后的流水都又重新结冰，作者以写实的手法再现了当时的天气状况，为当时景色的大环境做了铺垫。不得不说，作者在词语的拿捏、内容的安排方面是下了一番苦功的。

颈联，第五、六两句平铺直叙地描写了春雪中的人事活动：系鹿防猎客、添茶候吟僧。看似普普通通的乡家活动，却在这里赋予了雪景的一种动感，动静结合，从朴实中见真感情，使整篇诗欣赏起来更富有真实感，同时也增强了诗歌的可读性，充分体现了山村农家的特点，诗中所描绘的这幅春日雪景也因这生动的农家描写而显得更加有生命力。

尾联写春雪滋润万物的功力可以与春雨相等，给山间松径带来一片生机。春雨素来有“随风潜入夜，润物细无声”的赞美，而此处，作者直抒胸臆，“同功力”三个字将春雪对大地做的贡献直接提升到了与春雨等价的高度，表达了作者对春雪的无尽喜爱与赞美之情。最后又用了“松径”和“莓苔”两个意象将春雪所做的贡献具体化，正是因为春雪的滋润，这两种植物才会“又一层”，更加有力地论证了作者的观点，在此处，也可见作者逻辑之严谨，思维之紧密。

与孟郊洛北野泉上煎茶

【唐】刘言史

粉细越笋芽，野煎寒溪滨。
恐乖[①]灵草性，触事皆手亲。
敲石取鲜火，撇泉避腥鳞。
荧荧爨[②]风铛，拾得坠巢薪。
洁色既爽别，浮氲亦殷勤。
以兹委曲静，求得正味真。
宛如摘山时，自歠[③]指下春。
湘瓷泛轻花，涤[④]尽昏渴神。
此游惬醒趣，可以话高人。

【注　释】

①乖：违背，背离。
②荧荧：小火。爨（cuàn）：泛指烧煮。
③歠（chuò）：饮。
④涤：洗净，清除。

作者名片

刘言史（约742—813），赵州邯郸人，唐代诗人、藏书家。曾旅游金陵、潇湘、广州等地。王武俊任成德军节度使时，颇好文学，为之请官，诏授枣强令，世称“刘枣强”，但他并未就任。刘言史与孟郊友善，与李翱亦有交往。他和李贺同时，诗歌风格亦近似。《全唐诗》存其诗1卷。事迹见皮日休所制《刘枣强碑》及《唐才子传》。

译　文

把越笋芽研磨成细粉状，在洛北野泉边取溪水烹茶。唯恐违背了嫩芽的本性，一切都亲自动手。敲石取火，避开游鱼取泉水。汤色渐佳，茶烟袅袅。静静守护茶汤，只为求得茶的真滋味。如同山

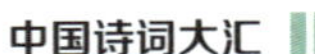

间采茶小心翼翼，择取春天的嫩芽。湘瓷茶盏中泛起茶花，一杯下肚，神清气爽。这份愉悦，足以和高人交流切磋。

赏析

此诗为诗人记述与孟郊在洛北郊野，自汲山泉、自拾柴薪、自己烹煎、惬意品茗的情景与感受。

茶山诗

【唐】袁高

禹贡[①]通远俗，所图在安人。
后王失其本，职吏[②]不敢陈。
亦有奸佞者，因兹欲求伸。
动生千金费，日使万姓贫。
我来顾渚源，得与茶事亲。
氓辍[③]耕农耒，采采实苦辛。
一夫旦当役，尽室皆同臻[④]。
扪葛[⑤]上欹壁，蓬头入荒榛。
终朝不盈掬，手足皆鳞皴[⑥]。
悲嗟遍空山，草木为不春。
阴岭芽未吐，使者牒已频。

心争造化功，走挺麋鹿均[⑦]。
选纳无昼夜，捣声昏继晨。
众工何枯栌[⑧]，俯视弥伤神。
皇帝尚巡狩，东郊路多堙[⑨]。
周回绕天涯，所献愈艰勤。
况减兵革困，重兹固疲民。
未知供御余，谁合分此珍。
顾省忝邦守[⑩]，又惭复因循。
茫茫沧海间，丹愤何由申。

【注　释】

①禹贡：《尚书》篇名，记载夏禹治平水土及九州山岭、河流、土壤、物产、交通、贡赋等。
②职吏：专职的地方官。
③氓：农民。辍：停止。
④同臻：同去，同往。
⑤扪：攀扶。葛：葛藤。
⑥皴：皮肤破裂。
⑦挺：冒险前进。均：等同，一样。
⑧工：指焙制茶叶的工人。何：多么。枯栌：因辛劳而憔悴干瘦。
⑨堙：堵塞。
⑩顾省：回想自己。忝：辱。邦守：郡守，即州刺史。

作者名片

袁高（728—787），字公颐，号旭山，沧州东光（今河北省东光县）人。唐朝时期大臣，中书令袁恕己之孙。登进士第，累辟使府，有赞佐裨益之誉。代宗登极，征入朝，累官至给事中、御史中丞。建中二年，擢为京畿观察使。以论事失旨，贬韶州长史，复拜为给事中。宪宗时，特赠礼部尚书。《全唐诗》收其诗一首。

赏析

袁高于 784 年春天（唐德宗兴元甲子年）作了本诗，并在顾渚山摩崖石刻。

本诗描述了劳动人民的疾苦，揭露了统治集团的奢侈腐化和地方官的贪婪残暴，表达了诗人对统治者昏庸无道的不满与愤激之情。诗人在诗的开头就把批评的矛头指向了当时的统治者——“后王失其本，职吏不敢陈”，斥责他们丢掉了治国之本。随后诗人进一步指出地方的一些假公济私的奸官为了寻求升迁而催办贡品，这是进贡之风盛行的重要原因。然后诗人描写了当时混乱的局势及茶农们在动荡的岁月里承受的更为繁重的负担。最后诗人以自己的良心在反省和发表感慨，表达了诗人对农民的同情以及心中的矛盾与郁闷之情。

全诗语言精练，境界悲愤苍凉，揭露了统治阶级的奢侈贪婪，表达了诗人对贫困农民的深切同情以及为民请命的大无畏精神，不失为一篇深刻的现实主义力作。

谢中上人寄茶

【唐】齐己

春山谷雨前，并手①摘芳烟②。
绿嫩难盈③笼，清和④易晚天。
且招邻院客，试煮落花泉⑤。
地远劳相寄，无来⑥又隔年。

【注　释】

①并手：齐手，合力。
②芳烟，像烟一样的香气。
③盈：满。
④清和：清明和暖，指天气。
⑤落花泉：代指茶水。
⑥无来：没有到。

作者名片

齐己（863—937），出家前俗名胡得生，晚年自号衡岳沙门，湖南长沙宁乡县祖塔乡人，唐朝晚期著名诗僧。齐己的一生经历了唐朝和五代中的三个朝代。性颖悟，善琴棋书法。诗多登临题咏、酬唱赠别之作，为时人称赏。间有宣扬佛教出世思想或反映民生疾苦之作。风格清润平淡而不失高远冷峭。著有《白莲集》十卷、诗论《风骚指格》一卷传于后世。《全唐诗》收录了其诗作800余首，数量仅次于白居易、杜甫、李白、元稹而居第五。

译　文

在春天的山里，谷雨到来之前，茶农双手并用，正忙着采摘清香四溢的茶。

嫩绿的叶子稀少珍贵，不易采摘，往往天色已晚，茶叶也采不满一竹笼。

姑且让我邀请邻里来做客，一同品尝这用落花泉水烹煮的新茶吧。

相距那么远，有劳你寄来了这春茶，要不，还得再等一年才能喝上呢！

赏析

在中国的茶酒文化史上，以茶与酒馈送亲友是一个良好的传统。在赠送和收受的过程中，许多文人学士往往伴以诗文，因而在这方面留下了许多美好的篇章，此诗即是一例。

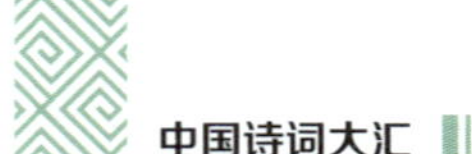

山 行

【唐】项斯

青枥林深亦有人①，一渠流水数家分②。
山当日午回峰影③，草带泥痕过鹿群。
蒸茗气从茅舍出④，缲丝⑤声隔竹篱闻。
行逢卖药归来客，不惜相随入岛云⑥。

【注 释】

①青枥（lì）：一种落叶乔木，亦称枥树。深：一作“疏”。
②分：分配，分享。
③回：一作“移”。日午：中午。
④从：一作“冲”。茅舍：茅屋。
⑤缲丝：煮茧抽丝。
⑥不惜：不顾惜；不吝惜。岛云：白云飘浮山间，有如水中岛屿。

作者名片

项斯（约836年前后在世），字子迁，晚唐著名诗人，台州府乐安县（今浙江仙居）人。因受国子祭酒杨敬之的赏识而声名鹊起，诗达长安，于会昌四年擢进士第，官终丹徒尉，卒于任所。项斯是台州第一位进士，也是台州第一位走向全国的诗人。他的诗在《全唐诗》中就收录了一卷计88首，被列为唐朝百家之一。项斯著有诗集一卷，《新唐书·艺文志》传于世。

译 文

青青的枥树林的深处也住着人，一条小溪由几户人家共享同分。
高山在正午时分峰影已经移动，草叶上沾着泥痕因刚跑过鹿群。

蒸煮茶叶的香气从茅屋里冒出，缫丝的声响隔着竹篱也能听到。在路上遇见了卖药归来的山客，心甘情愿随他进入如岛的白云。

赏析

首联起笔展示山间佳境——景、人、村落。“亦”“分”二字用得活脱。“亦”字表明此处栎木虽已蔚成深林，但并非杳无人烟，而是“亦有人”。有人必有村，可诗人并不正面说“亦有村”，却说一条溪水被几户人家分享着，这就显得出语不凡。这里一片栎林，一条溪水，几户人家，一幅恬美的山村图都从十四字绘出。

次联写景更细。诗人用“点染法”，选取“山当日午”“草带泥痕”两种寻常事物，写出极不寻常的诗境来。乍看“山当日午”，似乎平淡无奇，可一经“回峰影”渲染，那一渠流水，奇峰倒影，婆娑荡漾的美姿，立刻呈现目前。同样，“草带泥痕”，也是平常得很，可一经“过鹿群”渲染，那群鹿竞奔、蹄落草掩的喜人景象，立刻如映眼帘。

在第三联里，诗人准确地捕捉暮春山村最具特色的物事——烘茶与抽茧来开拓诗的意境。巧妙的是，诗人并未直说山村农民如何忙碌于捡茶、分茶、炒茶和煮茧、退蛹、抽丝，而只是说从茅舍升出袅袅炊烟中闻到了蒸茗的香味；隔着竹篱听到了缫丝声音，从而使读者自己去领略农事丰收的盛景。这里，诗人创造的意境因借助于通感作用，产生了一种令人倍感亲切的氛围。

按照诗意发展，尾联似应写诗人走进山村了。但是不然，“行逢卖药归来客，不惜相随入岛云”。当诗人走着走着，邂逅卖药材回来的老者，便随同这位年老的药农一道进入那烟霭茫茫的深山岛云中去。这一收笔，意味深长，是诗旨所在。“不惜”二字隐隐透露了诗人不投身热气腾腾的制茶抽丝的山村，而遁迹空寂的云山的苦衷。

北斋雨后

【宋】文同

小庭幽圃绝清佳，爱此常教放吏衙。
雨后双禽来占竹，秋深一蝶下寻花。
唤人扫壁开吴画①，留客临轩试越茶。
野兴②渐多公事少，宛如当日在山家。

【注　释】

①吴画：指吴道子所画的佛像。
②野兴：指对郊游的兴致或对自然景物的情趣。

作者名片

文同（1018—1079），字与可，号笑笑居士、笑笑先生，人称石室先生，梓州梓潼郡永泰县（今属四川绵阳市盐亭县）人，北宋著名画家、诗人。文同与苏轼是表兄弟，以学名世，擅诗文书画，深为文彦博、司马光等人赞许，尤受其从表弟苏轼敬重。

译　文

庭院小小，园圃却极清幽雅致，所以常常免去属吏的例行参见，流连其中。

雨后成双成对的鸟雀在竹枝上对鸣、跳跃，深秋时节，一只蝴蝶飞来飞去，四处寻觅。

唤人打扫墙壁灰尘把吴道子的画挂起，与好友在窗边一边品着香茗，一边细细端详赏鉴这画。

公事稀少，所以野兴渐渐多了起来，就如同过去的山居生活一样闲适。

赏析

此诗写北斋雨后的景色和作者的闲适心情，同时勾起作者对以往山居生活的回忆。起联先总写北斋环境的幽静。颔联上承首句，扣住诗题，写北斋雨后之景。诗中虽然只写了景，可是这景中还有一个人，就是站在庭中欣赏这美景的作者，因而又同次句紧紧关合。末句则表达了对旧日山居生活的向往。通篇情深意挚，曲折婉转，柔和含蓄，意境幽美。

和章岷从事斗茶歌[1]

【宋】范仲淹

年年春自东南来，建溪先暖冰微开。
溪边奇茗冠天下，武夷仙人从古栽。
新雷昨夜发何处，家家嬉笑穿云[2]去。
露芽错落一番荣，缀玉含珠散嘉树。
终朝采掇未盈襜[3]，唯求精粹不敢贪。
研膏焙乳有雅制，方中圭兮圆中蟾[4]。
北苑将期献天子，林下雄豪先斗美。
鼎磨云外首山铜，瓶携江上中泠水[5]。
黄金碾畔绿尘飞，碧玉瓯中翠涛起。
斗茶味兮轻醍醐[6]，斗茶香兮薄兰芷。
其间品第胡能欺，十目视而十手指[7]。
胜若登仙不可攀，输同降将无穷耻。

吁嗟天产石上英[8]，论功不愧阶前冥。
众人之浊我可清，千日之醉我可醒。
屈原试与招魂魄，刘伶却得闻雷霆。
卢仝敢不歌，陆羽须作经。
森然万象中，焉知无茶星。
商山丈人休茹芝，首阳先生休采薇。
长安酒价减百万，成都药市无光辉。
不如仙山一啜好，泠然便欲乘风飞。
君莫羡花间女郎只斗草，赢得珠玑满斗归。

【注　释】

①章岷：宋浦城人，字伯镇，天圣进士，两浙转运使，后知苏州，官终光禄卿。从事：官名，州郡长官的僚属。斗茶：评比茶叶品质优劣，盛行于北宋。
②穿云：伴着云雾上山采茶。
③盈襜：采得不多，还没有装满。
④方中圭：方形茶饼如玉圭。圆中蟾：圆形茶饼如银蟾。
⑤中泠水：即中泠泉，天下第一泉。
⑥醍醐：牛奶提炼出的一种极好的酥酪。意为茶味胜过醍醐。
⑦十目视而十手指：指斗茶时大家都在手指、目盯着。
⑧石上英：产于山石之上的好茶。

作者名片

范仲淹（989—1052），字希文。祖籍邠州，后移居苏州吴县。北宋政革家、政治家、军事家、教育家、文学家、思想家。范仲淹政绩卓著，文学成就突出。他倡导的“先天下之忧而忧，后天下之乐而乐”思想和仁人志士节操，对后世影响深远。据《宋史》载，范仲淹作品有《文集》二十卷，《别集》四卷，《尺牍》二卷，《奏议》十五卷，《丹阳编》八卷。北宋有刻本《范文正公文集》，南宋时有乾道刻递修本、范氏家塾岁寒堂刻本，皆二十卷。

赏析

范仲淹喜欢饮茶，友人章岷送来一首茶歌，于是他欣然命笔，和诗一首，题为《和章岷从事斗茶歌》，世称《斗茶歌》，即这首诗。

这首脍炙人口的茶诗，以生动形象的手法描述了当时斗茶的情况。茶器的精美、茶汤的优质、茶味的隽永、茶香的悠长，都在诗人笔下一一展现。胜者仿佛登临仙界，输者犹如战败囚徒，两种表情，两种心态，两相对照，鲜明突出。诗人意犹未尽，还以夸张豪放的诗句，极写茶的神奇功效：茶的功效不下于阶前的瑞草，可使迷惑状态的屈原招回魂魄，可使鼾声如雷的刘伶从沉睡中清醒过来。卢仝敢不为茶献上一首千古绝唱？陆羽能不为茶书万年经典？万木葱茂的大山，冥冥悠邈的苍穹，怎能说没有茶业中的伟人？商山四皓不需要再吃灵芝，首阳先生不需要采薇而食。长安城的酒价，减去百万；成都府的药市，失掉光辉。最后归结到一点：

“不如仙山一啜好，泠然便欲乘风飞。”

统统不如饮此佳茗，轻妙地乘风而去。

这首诗写得夸张而又浪漫，似行云流水，诗中有不少为后人反复传诵的佳句，可与卢仝《七碗茶歌》比肩。

汲江[1]煎茶

【宋】苏轼

活水[2]还须活火[3]烹，自临钓石取深清[4]。
大瓢贮月[5]归春瓮，小杓分江[6]入夜瓶。
雪乳已翻煎处脚[7]，松风[8]忽作泻[9]时声。
枯肠未易禁三碗，坐听荒城长短更[10]。

【注　释】

①汲（jí）江：从江里打水。
②活水：刚从江中打来的水。
③活火：有焰的炭火。
④深清：既深又清的江水。
⑤贮月：月映水中，一并舀入春瓮，因此说是“贮月”。
⑥分江：从江中取水，江水为之减了分量，所以说是“分江”。
⑦雪乳：一作“茶雨”，指煮茶时汤面上的乳白色浮沫。翻：煮沸时滚动。脚：茶脚。
⑧松风：形容茶滚沸之声。
⑨泻：倒出。
⑩长短更：指报更敲梆子的次数，少者为短，多者为长。更：打更。

作者名片

苏轼（1037—1101），字子瞻、和仲，号铁冠道人、东坡居士，世称苏东坡、苏仙，眉州眉山（今四川省眉山市）人，祖籍河北栾城，北宋著名文学家、书法家、画家，历史治水名人。嘉祐二年（1057），苏轼进士及第。宋神宗时在凤翔、杭州、密州、徐州、湖州等地任职。元丰三年（1080），因“乌台诗案”被贬

为黄州团练副使。宋哲宗即位后任翰林学士、侍读学士、礼部尚书等职，并出知杭州、颍州、扬州、定州等地，晚年因新党执政被贬惠州、儋州。宋徽宗时获大赦北还，途中于常州病逝。宋高宗时追赠太师；宋孝宗时追谥“文忠”。

苏轼是北宋中期文坛领袖，在诗、词、散文、书、画等方面取得了很高成就。文纵横恣肆；诗题材广阔，清新豪健，善用夸张比喻，独具风格，与黄庭坚并称“苏黄”；词开豪放一派，与辛弃疾同是豪放派代表，并称“苏辛”；散文著述宏富，豪放自如，与欧阳修并称“欧苏”，为“唐宋八大家”之一。苏轼善书，“宋四家”之一；擅长文人画，尤擅墨竹、怪石、枯木等。

译文

煮茶最好用流动的江水，并用猛火来煎煮。于是我提着水桶，带着水瓢，到江边钓鱼石上汲取深江的清水。我用大瓢舀水，好像把水中的明月也贮藏到瓢里了，一起提着回来倒在水缸里，再用小水勺将江水舀入煎茶的陶瓶里。

煮沸时茶沫如雪白的乳花在翻腾漂浮。茶汤煮好后，倒出时似松林间狂风在震荡怒吼。喝完茶，就在这春夜里，静坐着享受美好的时光，只听海南岛边荒城里，传来那长短不齐的打更声。

赏析

这首诗反映了茶已成为苏轼生命与情感中的重要部分。诗人对茶的依恋已深入生命的深处，表达了苏轼对生活中有茶即很满足的一种心态，说明了烹茶品茶的美妙滋味已融入他的骨髓。能把烹茶的过程描述得如此精妙生动，比喻如此贴切，至今尚无第二人。除了苏轼个人超人的文学才华之外，如果不是对茶有着发自生命深处的喜爱，可能难以写出如此令人神往的

茶诗。

北宋哲宗元符三年（1100），苏轼被贬儋州（今海南儋县）。这首诗就是此年春天在儋州作的，诗中描写了作者月夜江边汲水煎茶的细节，具体地反映了被贬远方的寂寞心情。

这首茶诗的特点是描写细腻生动，将水、火、瓢、勺、枯肠等俗物，与江雪、明月、松风等高雅之物相比衬；将汲水、舀水、煮茶、斟茶、喝茶等俗事与想象、梦境相融合，俗物俗事在不知不觉中转化为旷达的胸襟和豪放的人生境界。通过这些细节的描写，诗人被贬后寂寞无聊的心理很生动地表现了出来。

次韵曹辅寄壑源试焙新芽

【宋】苏轼

仙山灵雨湿行云，洗遍香肌①粉未匀。
明月来投玉川子②，清风吹破武林③春。
要知冰雪④心肠⑤好，不是膏油⑥首面新。
戏作小诗君一笑，从来佳茗似佳人。

【注　释】

①香肌：茶芽。
②玉川子：指卢仝，在这里用以隐喻自己。
③武林：指杭州。
④冰雪：不加膏油的茶叶。
⑤心肠：此指茶叶的内质。
⑥膏油：指在茶饼上涂一层膏油，是当时比较流行的做法。

译 文

犹如仙境般的茶山，流动着的云雾滋润了灵草般的茶芽。山之清，雾之多，洗遍了嫩嫩的茶芽。

好友曹辅投我所好，把壑源出产的这样好得像圆月般的团茶寄给我，品尝个中滋味，顿觉两腋清风生，从而感到习习春意就要来到杭州了。

要知道这等冰清玉洁的茶叶不但内质高雅，而且是不加油膏，真是新芽新面，美轮美奂。

先作小诗一首，请君千万不要见笑，实在是自古好茶犹如美女，让人神魂颠倒、情怀顿开。

赏析

苏轼把壑源新茶赞为仙山灵草，并且强调这种茶是不加膏油的。苏轼用他独特的审美眼光和感受，将茶独具之美用了一个拟人手法，写出了“从来佳茗似佳人”。这是苏轼品茶美学意境的最高体现，也成为后人品评佳茗的最好注解。

种 茶

【宋】苏轼

松间旅生[①]茶，已与松俱瘦。

茨棘[②]尚未容，蒙翳[③]争交构[④]。

天公所遗弃，百岁仍稚幼。

紫笋虽不长，孤根[5]乃独寿。
移栽白鹤岭，土软春雨后。
弥旬[6]得连阴，似许晚遂茂。
能忘流转苦，戢戢[7]出鸟咮[8]。
未任供臼磨，且可资摘嗅。
千团输大官，百饼衔私斗。
何如此一啜，有味出吾囿[9]。

【注　释】

①旅生：野生，不种而生。
②茨棘（cí jí）：蒺藜与荆棘，泛指杂草。
③蒙翳（méng yì）：遮蔽；覆盖。
④交构：亦作“交媾”。阴阳交合。
⑤孤根：独生的根。
⑥弥旬：满十天。
⑦戢戢（jí）：密集、聚集。
⑧鸟咮（zhòu）：星宿名，柳宿的别称。
⑨囿：指古代帝王的皇家园林，一般为打猎，或者宴饮的场所。

译　文

茶树生长在松树林中，与荆棘杂草间错生长，茶树衰老，树身矮小，树根稀少，仍有强盛的生长活力。

在春天雨后，移栽于白鹤岭肥沃疏松的土壤中，连续十多天的阴雨天气，移栽的茶树逐渐成活，并生长出了茂盛的茶芽。

由于茶芽数量少，无法加工，只能采摘以闻其味。大量产茶供于官府，小量产茶供私人买卖。我的园中所产之茶，只能供我自己品尝。

赏析

苏轼被贬黄州时，经济拮据，生活困顿。黄州一位书生马正卿替他向官府申请下来一块荒地，他亲自耕种，以地上收获稍济"困匮"和"乏食"之急。在这块取名"东坡"的荒地上，他种了茶树。

苏轼对茶的热爱，是全方位的。他不仅品茶、煎茶、磨茶，甚至还能栽种茶树。在《种茶》一诗中，他描写了自己如何移栽一棵老茶树的过程。百年老茶树，已经被遗弃，但苏轼却选择了一个春雨如油的好时节，将其移到了自己的园中。在他的细心呵护下，老茶树重现活力，长出了上好的茶叶。

浣溪沙·簌簌衣巾落枣花

【宋】苏轼

徐门[①]石潭谢雨[②]，道上作五首。潭在城东二十里，常与泗水增减清浊相应。

簌簌③衣巾落枣花，村南村北响缫车④，牛衣⑤古柳卖黄瓜。

酒困路长惟欲睡，日高人渴漫思茶[⑥]。敲门试问野人家。

【注 释】

①徐门：即徐州。
②谢雨：雨后谢神。

③簌簌：纷纷下落的样子，一作“蔌蔌”，音义皆同。
④缫车：纺车。缫，一作“缲”，把蚕茧浸在热水里，抽出蚕丝。
⑤牛衣：蓑衣之类。这里泛指用粗麻织成的衣服。
⑥漫思茶：想随便去哪儿找点茶喝。漫，随意，一作“谩”。

译　文

枣花纷纷落在行人的衣襟上，村南村北响起纺车缫丝的声音，古老的柳树底下有一个身穿粗布衣的农民在叫卖黄瓜。

路途遥远，酒意上心头，昏昏然只想小憩一番，太阳高照，又使人口渴难忍。于是敲开野外村民家的院门，问可否给碗茶解渴。

赏析

这首词是苏轼43岁在徐州任太守时所作。元丰元年（1078）春天，徐州发生了严重旱灾，作为地方官的苏轼曾率众到城东二十里的石潭求雨。得雨后，他又与百姓同赴石潭谢雨。苏轼在赴徐门石潭谢雨路上写成组词《浣溪沙》，共五首，这是第四首。作品描述他乡间的见闻和感受。艺术上颇具匠心，词中从农村习见的典型事物入手，意趣盎然地表现了淳厚的乡村风味。清新朴实，明白如话，生动真切，栩栩传神，是此词的显著特色。此词上片写景，下片抒情。需要指出的是，这首词中所写的景，并不是一般情况下通过视觉形象构成的统一的画面，而是通过传入耳鼓的各种不同的音响在诗人意识的屏幕上折射出的一组连续不断的影像。

惠山谒钱道人烹小龙团登绝顶望太湖①

【宋】苏轼

踏遍江南南岸山，逢山未免更留连。
独携天上小团月②，来试人间第二泉③。
石路萦回九龙脊④，水光翻动五湖⑤天。
孙登⑥无语空归⑦去，半岭松声⑧万壑⑨传。

【注　释】

①惠山：地名，位于江苏省无锡市。钱道人：人名，江苏无锡人，与苏轼交好，是苏轼在《和钱安道寄惠建茶》诗中所提起的钱安道的弟弟。小龙团：茶名，宋代印有腾龙图案的小茶饼。太湖：水名，位于江苏省无锡市。
②小团月：茶名，指如圆月般的团茶。
③第二泉：惠山泉。
④九龙脊：蜿蜒曲折的山脊。
⑤五湖：水名，太湖的古称。
⑥孙登：人名，三国魏晋时期隐士，生卒年不详。
⑦空归：空手回来。
⑧松声：松涛声。松树之间随风碰撞所发出的声音。
⑨万壑：形容峰峦、山谷极多。

译　文

我踏遍了江南的各个地区，每逢遇到风景秀丽之处就会流连忘返。

我带着如明月般沁人心脾的龙团茶，来试一试这号称人间第二的清泉。

登山的石阶在苍翠的九龙山脊间盘旋萦绕，登上绝顶后，俯瞰太湖的波涛翻动水天的壮丽景象。

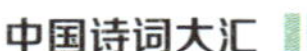

隐士孙登笑而不语，他只能默默地离去。在归去的路上，半山腰的松林在山谷中泠泠作响。

赏析

本诗的首联以衬托的手法描写惠山的景色之美，更是让东坡先生流连忘返。苏轼在江南担任官职期间，在办公之余足迹踏遍“南岸山”，可见江南景色之美足以让他流连忘返。不到三年两度游惠山。

颔联“独携天上小团月，来试人间第二泉”脍炙人口，被当作品茶名句，常为后人所引用。这两句诗不但茶人墨客称道不已，而且常被一些名胜古迹、茶亭改写成楹联来招揽客人。

颈联描写登惠山的途中与登顶后的所见。“石路萦回九龙脊”说的是石路在苍翠的“偃卧”九龙山脊间盘旋萦绕；“水光翻动五湖天”描写登绝顶望太湖俯瞰太湖的波涛翻动水天的景象。把惠山的九条“苍龙”淹没于太湖水光接天之中的景象写得淋漓尽致。

尾联用典，含义深远。从诗题看此联当是拜谒钱道人、品茶品泉、登绝顶赏景之后，由归途的景象所产生的联想。“孙登无语空归去”是全诗的诗眼所在，“空”字最具弦外之音。孙登是三国时长年隐居的高道，竹林七贤中阮籍和嵇康都是他的学生，孙登居宜阳山时，阮籍曾受魏文帝（曹丕）之命前往拜访，但与之交谈，却默不作声。嵇康又跟从他游学三年，所问总是笑而不答。嵇康只好拜别。临别时孙登开口了：“士才高识寡，难乎免于今世矣。”嵇康未能接受，后来果然被害，临终时作了一首《幽愤诗》，诗中有“昔惭柳下，今愧孙登”两句，深表感慨，后悔当初不听孙登相劝之言。苏轼惠山一行归途中，松涛泠泠作响，使他想到了这个历史典故。结合此时的苏轼的背景，这一联既感慨嵇康未悟遭杀，也感叹阮籍领悟孙登所言而得以保全，更是对自己不与政敌做无谓的争斗，而自求外放为民造福的自得——嵇康是无谓的牺牲，阮籍是消极与无奈，而苏轼是积极地为民造福，并不相同。

这首七言律诗，一篇之中，句句皆奇。一句之中，字字皆奇。称之古今佳作，也毫不为过。

记梦回文[①]二首（并序）

【宋】苏轼

十二月十五日，大雪始晴，梦人以雪水烹小团茶，使美人歌以饮余，梦中为作回文诗，觉而记其一句云："乱点余花唾碧衫"，意用飞燕唾花[②]故事也。乃续之，为二绝句云。

酡颜玉碗捧纤纤[③]，乱点余花唾碧衫。
歌咽[④]水云凝静院，梦惊松雪落空岩。

空花[⑤]落尽酒倾缸，日上山融[⑥]雪涨江。
红焙浅瓯新火活[⑦]，龙团小碾斗晴窗[⑧]。

【注　释】

①回文：谓诗中字句，回环往复，读之都成篇章。
②飞燕唾花：谓美人之唾液，染于袖上，如花之美。
③酡颜：醉颜，美女饮酒后面色红润。纤纤：形容女子手柔细美好。
④歌咽：歌声停止。
⑤空花：指雪，犹言雪自空而落。
⑥日上山融：日出而山雪融化。
⑦红焙：焙火正红。火活：有焰的火。
⑧斗晴窗：在明亮的窗边用龙凤团茶进行的"斗茶"。

译 文

玉颜色泽微红，伊人纤纤细步中捧出了玉碗，碗里的茶水溅出，光彩可鉴，濡湿了碧绿的衣裳。歌声（渐渐）停息，水光云色都凝集到静谧的小院之中，突然在梦中被惊醒，（才发觉）松枝上的白雪已经落到中空的岩块里去了。

花落尽了，酒缸也空了，太阳升起来，山上的雪都融化了，这融化的雪水流入江中，江水便涨起来了。火烤着炉子上面装着茶的浅浅的小盆，诗人正在明亮的窗前以雪水烹小团茶。

〔赏析〕

诗中字句，顺读倒读，都成篇章，而且意义相同。苏轼用回文诗咏茶，这在数以千计的茶诗中，实属罕见。倒读成为下面两首诗：

岩空落雪松惊梦，院静凝云水咽歌。
衫碧唾花余点乱，纤纤捧碗玉颜酡。

窗晴斗碾小团龙，活火新瓯浅焙红。
江涨雪融山上日，缸倾酒尽落花空。

从“玉碗”转“玉颜”，以物转人；再由“歌咽水云凝静院”回成“院静凝云水咽歌”，从人转物，人的歌声化为水的歌声。接着是花落尽在先，还是酒缸空了在前呢？不得不令人佩服苏东坡的才情与境界。

新城道中二首

【宋】苏轼

东风知我欲山行，吹断檐间积雨声。
岭上晴云披絮帽[①]，树头初日挂铜钲[②]。
野桃含笑竹篱短，溪柳自摇沙水清。
西崦[③]人家应最乐，煮芹烧笋饷春耕。

身世悠悠我此行，溪边委辔[④]听溪声。
散材畏见搜林斧，疲马思闻卷旆钲[⑤]。
细雨足时茶户喜，乱山深处长官清。
人间岐路知多少，试向桑田问耦耕。

【注　释】

①絮帽：棉帽。
②钲（zhēng）：古代乐器，铜制，形似钟而狭长，有长柄可执，口向上，以物击之而鸣，在行军时敲打。
③西崦（yān）：这里泛指山。
④委：舍弃，这里是放下之意。辔（pèi）：缰绳。
⑤卷旆（pèi）钲：收兵的号令。古代旗末端状如燕尾的垂旒，泛指旌旗。

译　文

东风像是知道我要到山里行，吹断了檐间连日不断的积雨声。

岭上浮着的晴云似披着丝棉帽，树头升起的初日像挂着铜钲。

矮矮竹篱旁野桃花点头含笑，清清的沙溪边柳条轻舞多情。

生活在西山一带的人家的生活其乐无比，煮葵烧笋吃了便去闹春耕。

漫漫人生旅途就如同我脚下悠悠的路，马行溪边，放下缰绳缓缓走着，听那潺潺溪水声。

那朝廷上的党争，即便是无用之才也怕政敌的迫害，疲惫的战马希望听到收兵的号令。

前几日霏霏春雨给茶农带来了喜悦，在这乱山深处还有我的清官好友。

人间的歧路能知多少？问问田里耕作的农民吧。

赏析

苏轼在去往新城途中，一路秀丽明媚的春光，繁忙的春耕景象引发他的感慨，因此作了这两首诗。第一首诗主要写景，景中含情。第二首着重抒情，情中有景。

一大早，诗人准备启程了。东风多情，雨声有意。一路上诗人旅途顺利，和煦的东风赶来送行，吹散了阴云；淅沥的雨声及时收敛，天空放晴。“檐间积雨”，说明这场春雨下了多日，正当诗人“欲山行”之际，东风吹来，雨过天晴，诗人心中的阴影也一扫而光，所以他要把东风视为通达人情的老朋友一般了。出远门首先要看天色，既然天公作美，那就决定了旅途中的愉悦心情。出得门来，最先映入眼帘的是那迷人的晨景：白色的雾霭笼罩着高高的山顶，仿佛山峰戴了一顶白丝棉制的头巾；一轮朝阳正冉冉升起，远远望去，仿佛树梢上挂着一面又圆又亮的铜钲。穿山越岭，再往前行，一路上更是春光明媚、春意盎然。鲜艳的桃花、矮矮的竹篱、袅娜的垂柳、清澈的小溪，再加上那正在田地里忙于春耕的农民，有物有人，有动有静，有红有绿，构成了一幅画面生动、色调和谐的农家春景图。雨后的山村景色如此清新秀丽，使得诗

人出发时的愉悦心情有增无减。因此，从他眼中看到的景物都带上了主观色彩，充满了欢乐和生意。野桃会“含笑”点头，“溪柳”会摇摆起舞，十分快活自在。而诗人想象中的“西崦人家”更是其乐无比：日出而作，日入而息；田间小憩，妇童饷耕；春种秋收，自食其力，不异桃源佳境。这些景致和人物的描写是作者当时欢乐心情的反映，也表现了他厌恶俗务、热爱自然的情趣。

第二首继写山行时的感慨及将至新城时问路的情形，与第一首词意衔接。行进在这崎岖漫长的山路上，诗人联想到人生的旅途同样是这样崎岖而漫长。有山重水复，也有柳暗花明；有阴风惨雨，也有雨过天晴。诗人不知不觉中放松了缰绳，任马儿沿着潺潺的山溪缓缓前行。马背上的诗人低头陷入了沉思。三、四两句颇见性情，很有特色，脍炙人口。“散材”“疲马”，都是作者自况。作者是因为在激烈的新、旧党争中，在朝廷无法立脚，才请求外调到杭州任地方官的。“散材”，是作者自喻为无用之才。“搜林斧”，喻指新、旧党争的党祸。即使任官在外，作者也在担心随时可能飞来的横祸降临，即便是无用之才，也担心政敌的迫害。作者对政治斗争、官场角逐感到厌倦，就像那久在沙场冲锋陷阵的战马，早已疲惫不堪，很想听到鸣金收兵的休息讯号。所以，作者对自己此时这样悠然自在的生活感到惬意。他在饱览山光水色之余，想到了前几日霏霏春雨给茶农带来的喜悦，想到了为官清正的友人新城县令晁端友。临近新城，沉思之余，急切间却迷了路。诗的最末两句，就写诗人向田园中农夫问路的情形，同时也暗用《论语·微子》的典故：两位隐士长沮、桀溺一起耕田，孔子命子路向他们问路，二人回答说：“滔滔者，天下皆是也，而谁以易之？且而与其从辟人之士也，岂若从辟世之士哉？”诗人以此喻归隐之意。

荔枝叹

【宋】苏轼

十里一置[1]飞尘灰，五里一堠[2]兵火催。
颠坑仆谷相枕藉，知是荔枝龙眼来。
飞车跨山鹘横海，风枝露叶如新采。
宫中美人一破颜，惊尘溅血流千载。
永元荔枝来交州[3]，天宝岁贡取之涪[4]。
至今欲食林甫肉，无人举觞酹伯游[5]。
我愿天公怜赤子，莫生尤物为疮痏[6]。
雨顺风调百谷登，民不饥寒为上瑞。
君不见，武夷溪边粟粒芽[7]，前丁后蔡[8]相宠加。
争新买宠各出意，今年斗品充官茶。
吾君所乏岂此物，致养口体何陋耶？
洛阳相君[9]忠孝家，可怜亦进姚黄花。

【注　释】

①置：驿站。
②堠（hòu）：古代瞭望敌情的土堡。
③交州：古地名。东汉时期，交州包括今越南北部和中部、中国广西和广东。东汉时治所在番禺（今中国广州）。
④天宝岁贡取之涪：指唐代天宝年间岁贡涪陵荔枝之事。涪（fú），水名，在中国四川省中部，注入嘉陵江。
⑤伯游：唐羌，字伯游，辟公府，补临武长。
⑥疮痏（wěi）：祸害。
⑦粟粒芽：武夷茶的上品。

⑧前丁后蔡：指宋朝丁清先生任福建漕使，随后蔡囊继任此职，督造贡茶。为了博得皇上的欢心，争相斗品武夷茶，斗出最上等的茶叶，作为贡茶，献给皇上。
⑨洛阳相君：指钱惟演，他曾任西京留守。他的父亲吴越王钱俶叙归降宋朝，宋太宗称之为“以忠孝而保社稷”，所以苏轼说钱惟演是“忠孝家”。

译 文

五里路、十里路设一驿站，运送荔枝的马匹拼命地奔跑，扬起满天灰尘，如同送紧急军情一般。

运送荔枝的人累死摔死的不计其数，尸体彼此压叠，惨不忍睹。百姓都知道，这是荔枝龙眼进贡到皇家。

飞快的车儿越过了重重高山，似隼鸟疾飞过海；到长安时，青枝绿叶，仿佛刚从树上摘采。

宫中美人高兴地咧嘴一笑，那扬起的尘土、飞溅的鲜血，千载后仍令人难以忘怀。

永元年的荔枝来自交州，天宝年的荔枝来自涪州，人们到今天还恨不得生吃李林甫的肉，有谁把酒去祭奠唐伯游？

我只希望天公可怜可怜老百姓，不要再生长这种让人遭灾的奇异特产了。

只要风调雨顺，五谷丰收，人民免受饥寒，就是最好的祥瑞。

你没见到武夷溪边名茶粟粒芽，前有丁谓，后有蔡襄，装笼加封进贡给官家？

朝内外官员千方百计地争新买宠，致使今年赛茶上的名品都成了贡茶。

我们的君主难道缺少这些东西？只知满足皇上口体欲望，是多么卑鄙恶劣！

可惜的是，被宋太宗赞为“忠孝之家”的越主后代钱惟演，也为邀宠而进贡牡丹花！

赏析

全诗可分三段，每段八句。第一段写古时进贡荔枝之事。历史上把荔枝作为贡品，最著名的是汉和帝永元年间及唐玄宗天宝年间。“十里”四句，写汉和帝时，朝廷令交州进献荔枝，在短途内置驿站以便飞快地运送，使送荔枝的人累死摔死在路上的不计其数。“飞车”四句，写唐玄宗时令四川进献荔枝，派飞骑送来，到长安时，还是新鲜得如刚采下来一样，朝廷为了博杨贵妃开口一笑，不顾为此而死去多少人。这一段，抓住荔枝一日色变，二日香变，三日味变的特点，在运输要求快捷上做文章，指出朝廷为饱口福而草菅人命。

“永元”起八句是第二段，转入议论和感慨。诗人以无比愤慨的心情，批判统治者的荒淫无耻，诛伐李林甫之类，媚上取宠，百姓恨之入骨，愿生吃其肉；感叹朝廷中少了像唐羌那样敢于直谏的名臣。于是，他想到，宁愿上天不要生出这类可口的珍品，使得百姓不堪负担，只要风调雨顺，人们能吃饱穿暖就行了。这段布局很巧，“永元”句总结第一段前四句汉贡荔枝事，“天宝”句总结后四句唐贡荔枝事，“至今”句就唐事发议论，“无人”句就汉事发议论，互为交叉，错合参差，然后用“我愿”四句作总束，承前启后。

“君不见”起八句是第三段，写近时事。由古时的奸臣，诗人想到了近时的奸臣；由古时戕害百姓的荔枝，诗人想到了近时戕害百姓的各种贡品。诗便进一步引申上述的感叹，举现实来证明，先说了武夷茶，又说了洛阳牡丹花。这段对统治者的鞭挞与第一、二段意旨相同，但由于说的是眼前事，所以批判得很有分寸。诗指责奸臣而不指责皇帝，是诗家为尊者讳的传统。这一段，如奇军突起，忽然完全撇开诗所吟咏的荔枝，杂取眼前事，随手挥洒，开拓广泛，且写得波折分明，令人应接不暇。

雨中花·夜行船

【宋】苏轼

今岁花时[①]深院，尽日东风，荡扬茶烟。但有绿苔芳草，柳絮榆钱。闻道城西，长廊古寺，甲第名园[②]。有国艳带酒，天香染袂[③]，为我留连。

清明过了，残红无处，对此泪洒尊前。秋向晚，一枝何事，向我依然。高会聊追短景[④]，清商[⑤]不暇余妍[⑥]。不如留取，十分春态，付与明年。

【注　释】

①花时：花开的时节。
②甲第：权贵的宅院。名园：有名气的园林。
③国艳带酒：指绯红色牡丹，今名“醉杨妃”。“天香染袂”指贡黄色牡丹，今名“御袍黄”。袂，衣袖。
④高会：场面盛大的宴会。短景：短促的光阴。
⑤清商：指秋天。
⑥不暇余妍：是说牡丹艳丽的日子不长了。妍，美丽。

译　文

今年百花盛开的时节，整天吹着东风，深院高墙里面散发着轻轻的茶烟。只有绿苔和芳草，柳絮和榆钱。听说在城西，长廊连着古寺，甲第带着名园。那里有“醉贵妃”和“御黄袍”这两种珍稀牡丹，使我留恋。

清明已经过了，残花无处可归，对此不禁泪洒杯前。渐近深秋了，为何这枝牡丹，依然这般红艳？还是设宴会客，暂且追随那稍纵即逝的时光吧，这难逢的牡丹秋日花开，肃杀的秋风可不会怜惜。还不如留住这美妙姿色，开在明年春天。

赏析

这首诗上片写春光中无缘赏花的缺憾。起笔三句写春天衙斋生活小景，大意为，在今春花开时节，整日深锁斋院，面对袅袅茶烟，只觉一派寂寥。点明“花时”，不只交代了节候，更暗含着词人赏花的兴致，而实际上整天所面对的却是“茶烟”，这使作者感到扫兴。在这大好春光中，词人踪迹所至，看到“但有绿苔芳草，柳絮榆钱”，如此而已。言外自然也以良辰美景“不获一赏”而感到遗憾。那么，是否因诸城僻处北国，没有赏花的去处，或者竟无花可赏。以下六句全以“闻道”二字领起，着力写出赏花的好去处，以及“方春牡丹盛开”，花事之盛。不言而喻，这对于浸泡在比较单调乏味的仕宦生活中的词人来说，具有多么巨大的诱惑力。如果说“长”“古”“甲”“名”这些词语传出了词人对春游热点向往的心态的话，那么“国艳带酒，天香染袂”这两句化用唐诗成句，就花王牡丹的色、香进行渲染，更写出对“方春牡丹盛开”的情有独钟。然而词人终究误了佳期，未能如愿以偿，那么他内心的惆怅也就可想而知了。

下片写秋日赏花的感触。“清明过了”三句，承上叙事，写暮春花尽的悲哀。“清明过了”，交代时令，表明“花时”已过。“残红无处”，写出“国艳”“天香”荡然无存的可悲现状。“对此泪洒尊前”，则以重拙之笔直述悲悼之情与沉痛之感。这与前片“闻道”六句叙写的内容有因果联系，或者说前后内在的脉络是相通的，因而使词人在此抒写的情感真实可信。从一定意义上说，上片至此全是铺垫，意在突出秋日牡丹的可贵。“秋向晚”三句，便转到写当前秋日牡丹：在这晚秋已近的时节，为什么一枝牡丹忽然开放，默默地朝着我，而香艳如故呢？“秋向晚”，与前文的“花时”“清

明过了”相照应，明点词序中的“九月”这一特定时间。“一枝何事，向我依然”二句，问得无理而有情。本来，作为自然事物的牡丹花开花落，自有其自身的规律或原因，是与人事无关的，所以说词人问得无理。而这一问曲折地表现词人某种微妙的感情：这一枝牡丹仿佛深知词人“方春牡丹盛开”而“不获一赏”的苦衷，因而赶在寒冬到来之前又一度开放，以给他一个意外的惊喜。词人在心理上的缺憾得以填补后的欣慰，对“千叶一朵”的激赏以至道谢等，都余味曲包了。秋日牡丹虽是词人所写的重点，但词人并未展开描写，仅用“依然”二字映带上文，便收到了以少总多的艺术效果，这是词人用笔精练与老到之处。最后五句紧承前三句，着重写对秋日牡丹的感触：眼前的盛会姑且抓住这短暂的时光，因为秋风不会宽容牡丹，使之常葆艳丽的姿色。牡丹啊，你不如多加珍重，留住尽可能多的春容，以待明年争新斗艳。词人没有陶醉在对秋日牡丹的欣赏之中，凭着他过人的悟性，很快意识到好景不长，意识到自然界的制约因素。“高会聊追短景，清高不假余妍”两句，扣住词序中“置酒”会客一事，表现了对当前美景的极度珍惜，以及对“美人迟暮”的担忧，富有自然哲理的意味。结尾三句转为词人对秋日牡丹的劝说，语浅情深，出人意表，表露了词人对名花爱赏的真诚，也寄寓了对未来美好生活的憧憬，可谓言有尽而意无穷。从结构上看，“春态”“明年”与开篇的“花时”“今岁”遥相呼应，不过后者是写实，前者仅是悬想罢了。

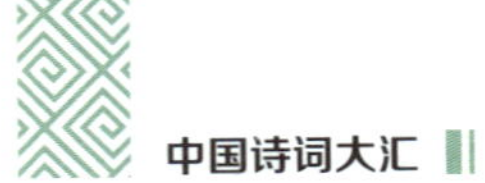

水调歌头·尝问大冶乞桃花茶

【宋】苏轼

已过几番雨，前夜一声雷。旗枪[①]争战，建溪春色占先魁。采取枝头雀舌，带露和烟捣碎，结就紫云堆[②]。轻动黄金碾，飞起绿尘埃。

老龙团，真凤髓，点将[③]来。兔毫盏[④]里，霎时滋味舌头回。唤醒青州从事[⑤]，战退睡魔百万，梦不到阳台。两腋清风起，我欲上蓬莱。

【注　释】

①旗枪：比喻鲜茶的外形，由茶芽和嫩叶组成，芽尖细如“枪”，茶芽旁的嫩叶开展如“旗”。

②紫云堆：诗中指建溪茶的一种紧压外形，如团形、饼形。

③点将：指戏曲中主帅对将官点名分配任务，比喻叫出人名要他做什么事。诗中指点茶。

④兔毫盏：茶杯，宋朝建窑最具代表的产品之一。

⑤青州：古代州名，在今山东东部。从事：古代官名。

译　文

经过几场春雨，再响过阵阵春雷。只见建溪茶树争相吐翠、蓬蓬勃勃，在春色中分外抢眼。这时，采摘下最鲜嫩的茶芽，带着露水和雾气将其揉制，结成一团团如紫云般美丽的茶饼。再轻轻地用黄金碾碾开，这时会飞扬起细细地绿色的茶末。

陈年的龙团茶，才是真正的青凤髓茶，给我煮上一壶好茶。一口饮下兔毫盏里的美味茶汤，马上感觉齿颊之间回甘强烈。使我的好友青州从事精神百倍，困乏疲劳全无。感觉自己两腋习习生风，要飞到蓬莱山去了。

赏析

苏轼在这首茶词中非常生动地描述了采茶、制茶、点茶、品茶，情趣盎然。词的上片写采茶、制茶，从词中可以看出，在苏轼的眼中，采茶制茶的过程是一种别样的享受。词的下片写点茶、品茶，“老龙团、真凤髓，点将来”，都是苏轼对茶的称呼。词人的豪放性情随着“点将来”三个字流露无遗。“兔毫盏里，霎时滋味舌头回”是苏轼所称赏的品茶情境。

端午遍游诸寺得禅字

【宋】苏轼

肩舆[①]任所适，遇胜辄[②]留连。
焚香引幽步，酌茗开静筵[③]。
微雨止还作，小窗幽更妍。
盆山[④]不见日，草木自苍然。
忽登最高塔[⑤]，眼界穷大千。
卞峰[⑥]照城郭，震泽[⑦]浮云天。
深沉既可喜，旷荡亦所便。
幽寻未云毕，墟落生晚烟。
归来记所历，耿耿清不眠。
道人[⑧]亦未寝，孤灯同夜禅。

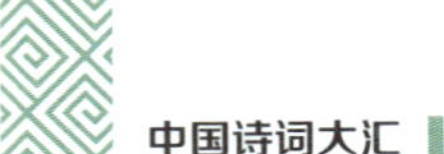

【注　释】

①肩舆（yú）：一种用人力抬扛的代步工具，用两根竹竿，中设软椅以坐人。
②胜：美景。辄（zhé）：总是，就。
③酌茗（míng）：品茶。静筵：指素斋。筵，酒席。
④盆山：指寺庙四面环山，如坐盆中。
⑤最高塔：指湖州飞英寺中的飞英塔。
⑥卞峰：指卞山，在湖州西北十八里，接长兴界，为湖州之主山。
⑦震泽：太湖。
⑧道人：指僧人道潜，善诗，与苏轼、秦观为诗友，当时也在湖州。

译　文

乘坐小轿任性而往，遇到胜景便游览一番。

在寺院里焚香探幽，品尝香茗与素斋。

蒙蒙细雨时作时停，清幽小窗更显妍丽。

这里四面环山，如坐盆中，难见太阳，草木自生自长，苍然一片。

登上寺内最高的塔，放眼观看大千世界。

卞山的影子映照在城郭上，太湖烟波浩渺，浮天无岸。

像卞山这样深厚沉静当然喜欢，也喜欢太湖吞吐云天，无所不容的旷荡气度。

游兴还没有结束，但村落中已经出现袅袅炊烟。

归来后记下今天的游历，心中挂怀无法入眠。

道潜也没有睡意，孤灯古佛，同参夜禅。

〔赏析〕

这首纪游诗，作者在写景上没有固定的观察点，而是用中国传统画中的散点透视之法，不断转换观察点，因此所摄取的景物，也是不断变化的，体现出“遇胜辄流连”的漫游特点，诗人的一日游，是按时间顺序而写，显得很自然，但又时见奇峰拔地而起，六句写景佳句，便是奇崛之处，故能错落有致，平中见奇。

诗的开头四句，直叙作者乘坐小轿任性而适，遇到胜景便游览一番。或焚香探幽；或品茗开筵，筵席上都是素净之物，以见其是在寺中游览，四句诗紧扣题目中的遍游诸寺。

“微雨”以下四句，转笔描绘江南五月的自然景色，蒙蒙细雨，时作时停，寺院的小窗，清幽妍丽，四面环山，如坐盆中，山多障日，故少见天日。草木郁郁葱葱，自生自长，苍然一片。

当诗人登上湖州飞英寺中的飞英塔时，放眼观看大千世界，笔锋陡转，又是一番境界：诗人进一步描绘了阔大的景物。“下峰照城郭，震泽浮云天”二句，写景很有气魄，既写出下山的山色之佳，又传神地描绘出浮天无岸，烟波浩渺的太湖景象。此二句诗与“微雨”以下四句，都是写景的佳句。

大手笔写诗要能放能收。苏轼这首诗，在达到高峰之后，先插入两句议论，以作收束的过渡，对眼前所见的自然美景发表了评论，说他既欣赏太湖的那种吐吸江湖、无所不容的深沉大度，又喜爱登高眺远，景象开阔的旷荡。紧接此二句，便以天晚当归作收，却又带出“墟落生晚烟”的晚景来，写景又出一层。最后四句，又写到夜宿寺院的情景，看似累句，实则不然。与道人同对孤灯于古佛、同参夜禅的描写，正是这一日游的一部分。

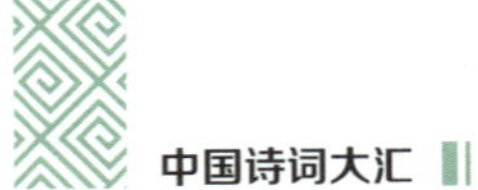

望江南·超然台作

【宋】苏轼

春未老，风细柳斜斜。试上超然台[①]上看，半壕[②]春水一城花。烟雨暗千家。

寒食[③]后，酒醒却咨嗟[④]。休对故人思故国[⑤]，且将新火[⑥]试新茶[⑦]。诗酒趁年华。

【注　释】

①超然台：筑在密州（今山东诸城）北城上，登台可眺望全城。
②壕：护城河。
③寒食：节令。旧时清明前一天（一说二天）为寒食节。
④咨嗟：叹息、慨叹。
⑤故国：这里指故乡、故园。
⑥新火：唐宋习俗，清明前二天起，禁火三日。节后另取榆柳之火称“新火”。
⑦新茶：指清明前采摘的“明前茶”。

译　文

春天还没有过去，微风细细，柳枝斜斜随之起舞。试着登上超然台远远眺望，护城河内半满的春水微微闪动，满城处处春花明艳，迷迷蒙蒙的细雨飘散在城中，千家万户皆看不真切。

寒食节过后，酒醒反而因思乡而叹息不已。不要在老朋友面前思念故乡了，姑且点上新火来烹煮一杯刚采的新茶，作诗醉酒都要趁年华尚在啊。

这首词为双调，比原来的单调的《望江南》增加了一叠。上片写登台时所见景象，包括三个层次。

三个层次显示有一个特写镜头导入，再是大场面的铺叙，最后，居高临下，说烟雨笼罩着千家万户。满城风光，尽收眼底。这是上片，写春景。

“春未老，风细柳斜斜。”这首词开头两句是说，登上超然台远眺，春色尚未褪尽，和风习习，吹起柳丝千条细。首先以春柳在春风中的姿态——“风细柳斜斜”，点明当时的季节特征：春意暮而未老。“试上超然台上看，半壕春水一城花”是说这一湾护城河水绕了半座城，满城内皆是春花灿烂。其次，三、四句直说，直说登临远眺，而“半壕春水一城花”，在句中设对，以春水、春花，将眼前图景铺排开来。“烟雨暗千家。”五句是说，迷迷蒙蒙的细雨飘散在城中。

下片写情，乃触景生情，与上片所写之景关系紧密。“寒食后，酒醒却咨嗟”，进一步将登临的时间点明。寒食，在清明前二日，相传为纪念介子推，从这一天起，禁火三天；寒食过后，重新点火，称为“新火”。此处点明“寒食后”，一是说，寒食过后，可以另起“新火”；二是说，寒食过后，正是清明节，应当返乡扫墓。但是，此时却欲归而归不得。以上两句，词情荡漾，曲折有致，寄寓了作者对故国、故人不绝如缕的思念之情。“休对故人思故国，且将新火试新茶”写作者为摆脱思乡之苦，借煮茶来作为对故国思念之情的自我排遣，既隐含着词人难以解脱的苦闷，又表达出词人解脱苦闷的自我心理调适。

“诗酒趁年华”，进一步申明：必须超然物外，忘却尘世间一切，而抓紧时机，借诗酒以自娱。“年华”，指好时光，与开头所说“春未老”相应合。全词所写，紧紧围绕着“超然”二字，至此，进入了“超然”的最高境界。这一境界，便是苏轼在密州时期心境与词境的具体体现。

赏浣溪沙·细雨斜风作晓寒

【宋】苏轼

元丰七年十二月二十四日，从泗州刘倩叔[①]游南山[②]。

细雨斜风作晓寒，淡烟疏柳媚晴滩[③]。入淮清洛[④]渐漫漫[⑤]。

雪沫乳花[⑥]浮午盏[⑦]，蓼茸[⑧]蒿笋试春盘[⑨]。人间有味是清欢。

【注　释】

①刘倩叔：名士彦，泗州人，生平不详。
②南山：在泗州东南，景色清旷，宋米芾称为淮北第一山。
③媚：美好。此处是使动用法。滩：十里滩，在南山附近。
④洛：洛河，源出安徽定远西北，北至怀远入淮河。
⑤漫漫：水势浩大。
⑥雪沫乳花：形容煎茶时上浮的白泡。
⑦午盏：午茶。
⑧蓼（liǎo）茸：蓼菜嫩芽。
⑨春盘：旧俗，立春时用蔬菜水果、糕饼等装盘馈赠亲友。

译　文

细雨斜风天气微寒。淡淡的烟雾和稀疏的杨柳使初晴后的沙滩更显妩媚。清澈的洛涧汇入淮河，水势浩大，茫茫一片。

泡上一杯浮着雪沫乳花似的清茶，品尝山间嫩绿的蓼芽蒿笋的春盘素菜。人间真正有滋味的还是清淡的欢愉。

〔赏析〕

这是一首记游词，是以时间为序来铺叙景物的。

词的上片写沿途景观。这首词的开头两句是说，细雨斜风天气微寒。淡淡的烟雾，滩边稀疏的柳树似乎在向刚放晴后的沙滩献媚。第一句写清晨，风斜雨细，瑟瑟寒侵，这在残冬腊月是很难耐的，可是东坡却只以“作晓寒”三字出之，表现了一种不大在乎的态度。第二句写向午的景物：雨脚渐收，烟云淡荡，河滩疏柳，尽沐晴辉。俨然成了一幅淡远的风景图画了。一个“媚”字，尤能传出作者喜悦的心声。作者从摇曳于淡云晴日中的疏柳，觉察到萌发中的春潮。于残冬岁暮之中把握住物象的新机，这正是东坡逸怀豪气的表现，精神境界的高人之处。第三句“入淮清洛渐漫漫”是说，眼前入淮清洛，仿佛渐流渐见广远无际。上片结句寄兴遥深，一结甚远。作者从眼前的淮水联想到上游青碧的洛涧，当它汇入浊淮以后，就变得混混沌沌一片浩茫了。在这里显然不是单纯的景物描写，而是含有“在山泉水清，出山泉水浊”的归隐林泉的寓意在内。

下片转写作者游览时的清茶野餐及欢快心情。作者抓住了两件有特征性的事物来描写：乳白色的香茶一盏和翡翠般的春蔬一盘。两相映托，便有浓郁的节日气氛和诱人的力量。以雪、乳形容茶色之白，既是比喻，又是夸张，形象鲜明。此二句绘声绘色、活灵活现地写出了茶叶和鲜菜的鲜美色泽，使读者从中体味到词人品茗尝鲜时的喜悦和畅适。这种将生活形象铸成艺术形象的手法，显示出词人高雅的审美意趣和旷达的人生态度。“人间有味是清欢”，这是一个具有哲理性的命题，用词的结尾，却自然浑成，有照彻全篇之妙趣，为全篇增添了欢乐情调和诗味、理趣。

邵伯[1]梵行寺[2]山茶

【宋】苏轼

山茶相对[3]阿[4]谁栽？细雨无人我独来。
说似与君君不会，烂红[5]如火雪中开。

【注　释】

①邵伯：镇名，位于江苏省扬州市江都区。
②梵行寺：寺名，位于江苏扬州的邵伯镇。
③相对：面对面，相向。
④阿（ē）：迎合，偏袒。
⑤烂红：指深红色。

译　文

寺院中有两株山茶相对盛开，是谁栽种的呢？在冰雪未消、细雨纷纷的冬春时节，我独自一人来赏花。

山茶花的娇艳姿色和傲然神态，任何语言都难以表达，鲜艳的红花似熊熊燃烧的烈焰，映衬着晶莹冰雪和蒙蒙细雨。

赏析

这是一首苏轼吟咏的山茶花诗句，整首诗作写得既幽静又热烈。

苏轼常来扬州，对扬州邵伯的山茶花自然有所耳闻。元丰七年（1084年），他在往常州途中路经邵伯，于是放舟停楫，在秦观、孙觉等文人雅士陪同下游玩了梵行寺后，自觉对山茶花意犹未尽，便抛开友人，独自到梵行寺，领略山茶花娇姿。

时值春寒，梵行寺银装素裹，天上又细雨霏霏。苏轼沉醉于万紫千红的山茶花丛中，触景生情，诗兴大作，写下了这首咏叹山茶花的茶诗妙句。

定风波·暮春漫兴

【宋】辛弃疾

少日春怀似酒浓，插花走马醉千钟[①]。老去逢春如病酒，唯有，茶瓯[②]香篆[③]小帘栊[④]。

卷尽残花风未定，休恨！花开元自[⑤]要春风。试问春归谁得见？飞燕，来时相遇夕阳中。

【注　释】

①钟：酒杯。千钟极言粮多。古以六斛四斗为一钟，一说八斛为一钟，又谓十斛为一钟。
②茶瓯（ōu）：茶罐。
③香篆（zhuàn）：指焚香时所起的烟缕。
④帘栊：挂有帘子的窗户。亦作“帘笼”，窗帘和窗牖，也泛指门窗的帘子。
⑤元自：原来，本来。

作者名片

辛弃疾（1140—1207），原字坦夫，改字幼安，别号稼轩，汉族，历城（今山东济南）人，南宋官员、将领、文学家，豪放派词人，有“词中之龙”之称。与苏轼合称“苏辛”，与李清照并称“济南二安”。宋恭帝时获赠少师，谥号“忠敏”。辛弃疾一生以恢复中原为志，以功业自诩，却命运多舛、壮志难酬。但他始终没有动摇恢复中原的信念，而是把满腔激情和对国家兴亡、民族命运的关切、忧虑，全部寄寓于词作之中。其词艺术风格多样，以豪放为主，风格沉雄豪迈又不乏细腻柔媚之处。其词题材广阔又善化用典故入词，抒写力图恢复国家统一的爱国热情，倾诉壮志难酬的悲愤，对当时执政者的屈辱求和颇多谴责；也有不少吟咏祖国河山的作品。现存词600多首，有词集《稼轩长短句》等传世。

译　文

少年之时，春天游玩的兴致比那美酒还浓烈，插花、骑马疾驰、醉倒于美酒中。年老之时一到春天就像因喝酒过量而感到难受一样，而今只能在自己的小房子里烧一盘香，喝上几杯茶来消磨时光。

春风把将谢的花全都卷走后还是没有停息。可是我不恨它，因为花儿开放需要春风的吹拂。想问一下，有谁能看见春天离去呢？是那飞来的燕子，在金色的夕阳中与春相遇。

赏析

这是南宋爱国词人辛弃疾闲居带湖时所作之词。上情下景，情景交融。

上片以少年春意狂态，衬托老来春意索然。下片风卷残花，当悲，但以“休恨”开解；“花开元自要春风”，一反一正，寓意颇深，耐人寻味。春归无迹，但飞燕却于来时夕阳中相见，则于迷惘惆怅间，掠过一缕欣慰情思。

上片以“少日”与“老去”作强烈对比。“老去”是现实，“少日”是追忆。少年时代，风华正茂，一旦春天来临，更加纵情狂欢，其乐无穷。对此，只用两句十四字来描写，却写得何等生动，令人陶醉！形容“少日春怀”，用了“似酒浓”，已给人以酒兴即将发作的暗示。继之以“插花”“走马”，狂态如见。还要“醉千钟”，那么，连喝千杯之后将如何癫狂，就不难想象了。而这一切，都是“少日”逢春的情景，只有在追忆中才能出现。眼前的现实则是：人已“老去”，一旦逢春，其情怀不是“似酒浓”，而是“如病酒”。同样用了一个“酒”字，而“酒浓”与“病酒”却境况全别。“老去逢春如病酒”，极言心情不佳，毫无兴味，不要说“插花”“走马”，连酒也不想喝了。只有待在小房子里，烧一盘香，喝几杯茶，消磨时光。怎么知道是小房子呢？因为这里用了“小帘栊”。挂小窗帘的房子，自然大不到哪里去。

下片写到他始终注视那“小帘栊”，观察外边的变化。春风不断地吹，把花瓣儿吹落、卷走，而今已经“卷尽残花”，风还不肯停，春天就会随之破败，如此看来，诗人自然是恨春风的。可是接下去，又立刻改口说：“休恨！”为什么？因为“花开元自要春风”。当初如果没有春风的吹拂，花儿又怎么能够开放呢？在这出人意料的转折中，蕴含着深奥的哲理，也饱和着难以明言的无限感慨。春风催放百花，给这里带来了春天。春风“卷尽残花”，春天就要离开这里，回到别的什么地方去了。“试问春归谁得见？”这一句问得突然，也令人感到难以回答，因而急切地期待下文。看下文，那回答真是“匪夷所思”，妙不可言；离此而去的春天，被向这里飞来的燕子碰上了，她是在金色的夕阳中遇见的。

水龙吟·听兮清佩琼瑶些

【宋】辛弃疾

用“些语”[①]再题瓢泉[②]，歌以饮客，声韵甚谐，客皆为之酹。

听兮清佩琼瑶些。明兮镜秋毫些。君无去此，流昏涨腻[③]，生蓬蒿些。虎豹甘人，渴而饮汝，宁猿猱[④]些。大而流江海，覆舟如芥[⑤]，君无助、狂涛些。

路险兮山高些。块[⑥]予独处无聊些。冬槽春盎[⑦]，归来为我，制松醪些。其外芳芬，团龙片凤[⑧]，煮云膏[⑨]些。古人兮既往，嗟予之乐，乐箪瓢[⑩]些。

【注　释】

①些语：是《楚辞》的一种句式或体裁。些（suò），为楚巫禁咒句末所用特殊语气助词。
②瓢泉：位于江西省铅山县期思村瓜山下。
③流昏涨腻：杜牧《阿房宫赋》有“渭流涨腻，弃脂粉也”。此谓同流合污也。
④猱（náo）：长臂猿。
⑤覆舟如芥：《庄子·逍遥游》：“水之积也不厚，则其负大舟也无力。覆杯水于坳堂之上，则芥为之舟，置杯焉则胶，水浅而舟大也。”作者在此是用其词而变其意。
⑥块：麻木呆滞的样子。
⑦槽、盎：酿酒的器皿。
⑧团龙、片凤：均茶名，团片状之茶饼，饮用时则碾碎之。
⑨云膏：形容茶之软滑温氤。
⑩乐箪瓢：《论语·雍也》云“子曰：“贤哉，回也！一箪食，一瓢饮，在陋巷，人不堪其忧，回也不改其乐，贤哉回也。”箪，盛饭之圆竹筒。

译　文

动听啊，你淙淙的流水声像玉佩碰击般清脆；明净啊，你宝镜般的水面可以明鉴秋毫。你别离开这儿，别让混浊油腻的脏水把你污染了；也别让蓬蒿一类的杂草把你窒息了。与其给吃人的虎豹用你解渴，倒不如留给只吃野果的猿猴为好。当你终于变得壮大，汇入浩渺无际的江海，在那里，船只像小小的芥子，随便就可以弄翻，我希望你到时不要推波助澜，残害生灵。

道路艰险啊，山岭高峻，我独自一人麻木地生活多么无聊！到了冬春酿酒的季节，你可别忘了回来，帮助我酿制松醪酒啊！另外软滑可口的香茶我也很喜欢，因此还要请你常常为我煮上一壶“团龙”和“片凤”才好。颜回这位乐道安贫的古人已经永远逝去了，多可叹啊！让我也像他那样，一箪食，一瓢饮，自得其乐吧！

赏析

该词仿照《楚辞·招魂》，用“些”字做韵脚，来题写他的新居——瓢泉，别有一番悠远飘忽的音调之美。

该词上片是劝说瓢泉不要流出山外到大海去。词人对尘世的污浊、险恶、横暴，做了一番厌恶的描述，告诫泉水不要与之同流合污，助纣为虐。下片是诱导瓢泉留在山中，与自己做伴。全词借泉抒怀，寓情于泉，结构紧凑，表达了作者清高自守，绝不与恶浊社会同流合污的思想感情。

上片起笔二句，从视觉、听觉来写，表达了作者对泉水的欣赏、赞美之情。“清佩琼瑶”是以玉佩声形容泉水的优美声响；柳宗元《小石潭记》也曾写道：“隔篁竹，闻水声，如鸣珮环。”“镜秋毫”是可以照见的秋生羽毛之末来形容泉水的明净。这两句给瓢泉以定性的评价，表明了山泉能保持其可爱的本色，以下通过泉水所处的三种不同状态，来反映作者对泉水命运的设想、担忧及警告。这些刻画，正好用以反衬起笔二句，突出“出山泉水浊”之意。

首先劝阻泉水不要出山（去此）去流昏涨腻，生长蓬蒿。

“流昏涨腻”取意于杜牧《阿房宫赋》“谓流涨腻，弃脂水也”。“虎豹”句，用《楚辞·招魂》“虎豹九关，啄害天下人兮”和“此皆甘人”。虎豹以人为美食，渴了要饮泉水，它岂同于猿猱（之与人无害），不要为其所用。

“大而流江海”三句，反用《庄子·逍遥游》“水之积也不厚，则其负大舟也无力，覆杯对于坳堂之上，则芥为之舟”的语意，谓水积而成大江海，可以视大舟如草叶而倾覆之，泉水不要去推波助澜，参与其事。这些都是设想泉水不能自守而主动混入恶浊之中，遭到损害而又害人的危险情况。以上几种描述，想象合理，恰符合作者当时所处的社会现实。

下片作者自叙贞洁自守、愤世嫉俗之意。路险山高，决然独处，说明作者对当前所处污浊险恶环境的认识。故小隐于此，长与瓢泉为友，以期求得下文所描写的“三乐”，即“饮酒之乐”“品茶之乐”“安贫之乐”。词的上下片恰好形成对比。前者由清泉指出有“三险”，后者则由“无聊”想到有“三乐”。其实“三乐”仍是愤世嫉俗的变相发泄。瓢泉甘洌，可酿松醪（松膏所酿之酒），写饮酒之乐，实寓借酒消愁；瓢泉澄澈，可煮龙凤茶，品茗闲居，却不被世用；最后写安贫之乐，古人既往，聊寻同调，则与“一箪食一瓢饮”颜回一样的便是同志。箪瓢之“瓢”与“瓢”泉之“瓢”恰同字，以此相关，契合无间。

满庭芳[1]·茶

【宋】黄庭坚

北苑春风[2]，方圭圆璧[3]，万里名动京关。碎身粉骨，功合上凌烟。尊俎风流战胜[4]，降春睡、开拓愁边。纤纤捧，研膏浅乳，金缕鹧鸪斑[5]。

相如，虽病渴，一觞一咏，宾有群贤。为扶起灯前，醉玉颓山[⑥]。搜搅胸中万卷，还倾动、三峡词源。归来晚，文君[⑦]未寐，相对小窗前。

【注　释】

①满庭芳：词牌名，又名《锁阳台》《满庭花》等。以晏几道《满庭芳·南苑吹花》为正体，双调九十五字，前后段各十句、四平韵。另有双调九十五字，前段十句四平韵，后段十一句五平韵；双调九十三字，前段十句四平韵，后段十一句五平韵等变体。

②北苑春风：北苑，今福建建瓯，是贡茶的主要产地。春风，指社前之茶。

③圭（guī）：中国古代在祭祀、宴飨、丧葬以及征伐等活动中使用的器具。方圭圆璧，比喻茶饼的形状，也指茶饼珍贵。

④尊俎（zǔ）风流战胜："战胜风流尊俎"的倒装。尊，通"樽"，酒杯。俎，古代祭祀时放祭品的器物。

⑤鹧鸪斑：以其纹色代指茶盏，极珍贵。

⑥醉玉颓山：形容男子风姿挺秀，酒后醉倒的风采。

⑦文君：卓文君（前175—前121）汉代才女，中国古代四大才女之一、蜀中四大才女之一。卓文君与汉代文人司马相如的一段爱情佳话被后人津津乐道。

作者名片

黄庭坚（1045—1105），字鲁直，号山谷道人、涪翁，洪州分宁（今江西省九江市修水县）人，北宋著名文学家、书法家、江西诗派开山之祖。早年以诗文受知于苏轼，与张耒、晁补之、秦观并称"苏门四学士"。与苏轼齐名，世称"苏黄"。诗以杜甫为宗，有"夺胎换骨""点铁成金"之论，风格奇硬拗涩，开创江西诗派，在宋代影响颇大。又能词。兼擅行书、草书，为"宋四家"之一。

译　文

北苑茶山春风浮动，茶饼形状万千，方的如圭器，圆的如璧玉，都十分珍贵。茶饼被研磨粉碎，进奉御用，可谓有功社稷，可与凌烟阁中为国粉身碎骨的忠臣功德并列。这茶又能战胜酒醉

风流，解除春天的睡衣，清神醒脑，排忧解愁。纤纤玉指，研茶沏水，捧精美茶盏，茶盏绣着金边，纹色如鹧鸪鸟的羽毛。

司马相如虽有渴疾，一觞一咏，引来群贤宾客。相如起做灯前，酒兴文采，风姿挺秀。竭尽胸中万卷诗篇，文辞充沛，犹如三峡落水。相如酒醉，很晚才归家，文君还没有入睡，两人相对，坐在小窗前面。

赏析

这首词虽题为咏茶，却通篇不着一个茶字，翻转于名物之中，出入于典故之间，不即不离，愈出愈奇。特别是用司马相如集宴事绾合品茶盛会，专写古今风流，可谓得咏物词之神韵。

该词先从茶的名贵说起，由于是贡品，故采择十分讲究。如此讲究产地节令，且“日费数千工”，制成的方圆茶饼，故无怪要声传万里名动汴京了。“碎身粉骨”二句以研磨制茶之法攀合将相报国之事，以贡茶之贵比之开业之功，着意联想生发，避实就虚。接着写茶之用，茶能解酒驱睡、清神醒脑，排忧解愁。“战胜”“开边”，字面切合凌烟功臣。以下是说：更有红巾翠袖，纤纤玉指，研茶沏水，捧精美茶盏，侍奉身前，堪称一时雅事。好茶叶之外，还要有好水，好茶具，好的捧盏人，这才是品茶之道。

词的下片写邀朋呼侣集茶盛会。这里写自己雅集品茶，却翻出司马相如的风流情事。茶可解渴，故以“相如病渴”引起。紧接着带出他的宴宾豪兴，又暗暗折入茶会行令的本题。“为扶起灯前”下四句，是承接字面，明写司马相如的酒兴文才，实暗指茶客们酣饮集诗、比才斗学的雅兴。“一觞一咏”两句，用王羲之《兰亭集序》之文典“醉玉颓山”，用《世说新语·容止》中嵇康之事典。“搜搅胸中万卷”，用卢仝《走笔谢孟谏议寄新茶》诗“三碗搜枯肠，唯有文字五千卷”“还倾动三峡词源”，用杜甫《醉歌行》“词源倒流三峡水”。以上连用四个典故，真是“无一字无来处”。最后带出卓文君，呼应相如，为他们的风流茶会作结，全词亦至此归结为一。

品令·茶词

【宋】黄庭坚

凤舞团团饼[1]。恨分破[2]，教孤令[3]。金渠[4]体净，只轮慢碾，玉尘光莹。汤响松风[5]，早减了、二分酒病。

味浓香永。醉[6]乡路，成佳境。恰如灯下，故人万里，归来对影。口不能言，心下快活自省。

【注 释】

①凤舞团团饼：指龙凤团茶中的凤饼茶。团饼印有凤舞图案，北苑御焙产。
②分破：碾破磨碎。
③孤令：令同“零”，即孤零。
④金渠：指茶碾，金属所制；体静：静通“净”，整个碾具干净。
⑤汤响松风：烹茶汤沸发的响声如松林风过。
⑥醉：说明茶也能醉人，一个醉字带出下面浪漫主义的想象。

译 文

几只凤凰在凤饼茶上团团飞舞。只恨有人将茶饼掰开，凤凰各分南北，孤孤零零。将茶饼用洁净的金渠细心碾成琼粉玉屑，但见茶末成色纯净，清亮晶莹。加入好水煎之，汤沸声如风过松林，已经将酒醉之意减了几分。

煎好的茶水味道醇厚，香气持久。饮茶亦能使人醉，但不仅无醉酒之苦，反觉精神爽朗，渐入佳境。就好比独对孤灯之时，故人从万里之外赶来相逢。此种妙处只可意会，不可言传，唯有饮者才能体会其中的情味。

赏析

该词上片写碾茶煮茶。开首写茶的名贵。宋初进贡茶，先制成茶饼，然后以蜡封之，盖上龙凤图案。这种龙凤团茶，皇帝也往往以少许分赐从臣，足见其珍贵。下二句“分破”即指此。接着描述碾茶，唐宋人品茶，十分讲究，须先将茶饼碾碎成末，方能入水。“金渠”三句无非形容加工之精细，成色之纯净。如此碾成琼粉玉屑，加好水煎之，一时水沸如松涛之声。煎成的茶，清香袭人。不须品饮，先已清神醒酒了。

下片以“味浓香永”承接前后。正待写茶味之美，作者忽然翻空出奇：“醉乡路，成佳境。恰如灯下，故人万里，归来对影”，以如饮醇醪、如对故人来比拟，可见其惬心至极。怀中之趣，碗中之味，确有可以匹敌的地方。词中用“恰如”二字，明明白白是用以比喻品茶。但作者稍加点染，添上“灯下”“万里归来对影”等字，意境又深一层，形象也更鲜明。这样，作者就将风马牛不相及的两桩事，巧妙地与品茶糅合起来，将口不能言之味，变成人人常有之情。

双井茶送子瞻①

【宋】黄庭坚

人间风日不到处，天上玉堂森宝书②。
想见东坡旧居士，挥毫百斛泻明珠③。
我家江南摘云腴④，落硙霏霏雪不如⑤。
为公唤起黄州⑥梦，独载扁舟向五湖⑦。

【注 释】

①子瞻：苏轼，字子瞻，宋代大文学家，黄庭坚的好友。
②玉堂：古代官署名，宋代以后称翰林院为玉堂。森宝书：森然罗列着许多珍贵的书籍。森：众多茂盛的样子。这里指翰林院珍贵的书籍有很多。
③斛（hú）：古代的重器，十斗为一斛。泻明珠：说苏轼赋诗作文似明珠倾泻而出。
④云腴（yú）：即指茶叶。高山云雾生长的茶叶肥美鲜嫩，称云腴。腴是肥美的意思。
⑤硙（wèi）：亦作“磑”，小石磨，研制茶叶的碾具。落硙：把茶叶放在石磨里磨碎。霏霏：这里指茶的粉末纷飞。雪不如：说茶的粉末极为洁白，雪也比不上它。
⑥黄州：北宋元丰年间被贬之地。
⑦“独载”句：用范蠡事。相传春秋时期范蠡辅佐越王勾践灭掉吴国之后，不愿接受封赏，弃去官职，“遂乘轻舟以浮于五湖”（《国语·越语》）。五湖：太湖的别名。

译 文

人间风吹不到日照不到之处，是天上的玉堂，森然罗列着宝书。

我想见你这位东坡的旧居士，在挥笔为文好似飞泻百斛明珠。

这是从我江南老家摘下的云腴茶，用石磨研磨细细雪花也比它不如。

唤起你在黄州的旧梦，独驾小舟像范蠡那样泛游五湖。

〔赏析〕

这首诗从对方所处的环境落笔。苏轼当时任翰林院学士，担负掌管机要、起草诏令的工作。“玉堂”语意双关，它既可以指神仙洞府，又是宋代翰林院的别称。由于翰林学士可以接近皇帝，地位清贵，诗人便利用了玉堂的双重含义，把翰林院说成是不受人间风吹日晒的天上殿阁，那里宝书如林，森然罗列，一派清雅景象。开首这一联起得很有气派，先声夺人，为下面引出人物蓄足了势头。

第二联转入对象本身。“想见东坡旧居士”一句，在“东

坡居士”间加上一个“旧”字，不但暗示人物的身份起了变化，而且寓有点出旧情、唤起反思的用意，为诗篇结语埋下了伏笔。“挥毫百斛泻明珠”一句，作者用“明珠”来指称苏轼在翰林院草拟的文字，加上“百斛”形容其多而且快，尤其是一个“泻”字，把那种奋笔疾书、挥洒自如的意态，刻画得极为传神，这也是化用前人诗意成功的范例。

从第三联起，才转入赠茶的事情。既然是送茶而致的诗，自然说明这茶的佳处。茶树在高处接触云气而生长的叶子特别丰茂，所以用云腴称茶叶。这两句说：从我老家江南摘下上好的茶叶，放到茶磨里精心研磨，细洁的叶片连雪花也比不上它。把茶叶形容得这样美，是为了显示他送茶的一番诚意，其中含有真挚的友情。但这还并不是该篇主旨所在，它只是诗中衬笔，是为了引出下文对朋友的规劝。

结末一联才点出了题意。提醒苏轼，要适时进退，好自为之。作者语重心长地对朋友说：喝了我家乡的茶以后，也许会让您唤起黄州时的旧梦，独自驾着一叶扁舟，浮游于太湖之上了。最后一句用了春秋时期范蠡的典故。苏轼贬谪在黄州时，由于政治上失意，也曾萌生过“小舟从此逝，江海寄余生”（《临江仙》）的退隐思想。可是此时他应召还朝，荣膺重任，正处在春风得意之际，并深深卷入了当时政治斗争的旋涡。作者一方面为友人命运的转变而高兴，另一方面也为他担心，于是借着送茶的机会，委婉地劝告对方，不要忘记被贬黄州的旧事，在风云变幻的官场里，不如及早效法范蠡，来个功成身退。最后这一笔，披露了赠茶的根本用意，在诗中起着画龙点睛的作用。而这番用意又并非一本正经地说出来，只是从旧事的勾唤中轻轻点出，不仅可以避免教训的口吻，也显得情味悠长，发人深思。

戏答荆州王充道烹茶四首

【宋】黄庭坚

三径虽锄客自稀，醉乡安稳更何之。
老翁更把春风椀，灵府清寒要作诗。
茗椀难加酒椀醇，暂时扶起藉糟人①。
何须忍垢不濯足，苦学梁州阴子春②。
香从灵坚垄上发，味自白石源③中生。
为公唤觉荆州梦，可待南柯一梦成。
龙焙东风鱼眼汤，个中即是白云乡。
更煎双井苍鹰爪，始耐落花春日长。

【注　释】

①藉糟人：借刘伶《酒德颂》中的“枕曲藉糟”代指自己这个“醉人”。
②阴子春：曾都督梁、秦二州军事，在梁州之战大败时，阴子春认定是自己洗脚所致，故决定终身不洗脚。
③白石源：《黄庭内景经》中有“鼻神玉垄字灵坚”及“朱鸟吐缩白石源”，注有：“朱鸟，舌象。白石，齿象。吐缩，导津液调阴阳之气，流行不绝，故曰源也”。

译　文

如陶渊明一般将门前小径上的杂草锄得干干净净，可客人还是那么稀少。安心地沉醉在这茶酒之乡，还能有什么别的追求啊？我独自将春风轻轻挽起，神思清爽，诗意飞扬。

喝饱了香甜的美酒，此时已难以再端起茶碗，人们扶起我时，总是每每埋怨我任性喝醉。我却对他们说南北朝时，荆州阴子春的故事，何必学他为了一点身外之物而忍着肮脏不洗脚呢？

茶香在鼻腔中缓缓散发，韵味在口腔内渐渐生起。茶的清纯或许能够唤醒你我此时在荆州的梦境，真的很期待这美好的南柯一梦可以美梦成真。

茶是皇家茶园里焙制的贡茶，火是微微的东风吹着的活火，茶鼎中茶汤正在沸腾，气泡犹如一个个鱼眼般不断升起，这大约就是那无忧无虑的云中仙乡了。再煎上用家乡那嫩得像鹰爪一般的茶芽制成的双井名茶，这些应该就足以耐受如此伤感、漫长、落花遍地的春日吧。

赏析

作这首诗时，诗人黄庭坚正在等待朝廷对他请求在江南长江边上任个地方小官的批复，他隐约地意识到连这点要求也都是奢望。这组诗是黄庭坚“戏答”当时在荆州做官的友人王充道的，应该是王充道的原诗中也有透出与黄庭坚一般希望隐居在地方的意思。黄庭坚表面上是对王充道说“为公唤觉荆州梦”，事实上也是在感慨自己想隐在地方的这点要求亦如美梦一般不能实现，进而感慨人的一生也不过是南柯一梦。只有茶的清和淡雅才是真真实实的，品茶时感觉“个中即是白云乡”，茶有如自己的精神支柱，只要有茶，便可“始耐落花春日长”。由此可见，茶的确是文人雅士的好伴侣。

摊破浣溪沙·病起萧萧两鬓华

【宋】李清照

病起萧萧[1]两鬓华，卧看残月上窗纱。豆蔻连梢煎熟水[2]，莫分茶[3]。

枕上诗书闲处好，门前风景雨来佳。终日向人多酝藉[4]，木犀花[5]。

【注　释】

①萧萧：这里形容鬓发华白稀疏的样子。
②豆蔻：药物名。熟水：当时的一种药用饮料。
③分茶：一种巧妙高雅的茶戏，其方法是用茶匙取茶汤分别注入盏中饮食。
④酝藉：宽和有涵容。
⑤木犀花：桂花。

作者名片

李清照（1084—1155），号易安居士，齐州济南（今山东省济南市章丘区）人。宋代女词人，婉约词派代表，有“千古第一才女”之称。所作词，前期多写其悠闲生活，后期多悲叹身世，情调感伤。形式上善用白描手法，自辟途径，语言清丽。论词强调协律，崇尚典雅，提出词“别是一家”之说，反对以作诗文之法作词。能诗，留存不多，部分篇章感时咏史，情辞慷慨，与其词风不同。有《李易安集》《易安居士文集》《易安词》，已散佚。后人辑有《漱玉集》《漱玉词》。今有《李清照集》辑本。

译　文

两鬓已经稀疏，病后又添白发了，卧在床榻上看着残月照在窗纱上。将豆蔻煎成沸腾的汤水，不用强打精神分茶而食。

靠在枕上读书是多么闲适，门前的景色在雨中更佳。整日陪伴着我的，只有那深沉含蓄的木樨花。

赏析

这首词创作于词人李清照的晚年时期，主要写她病后的生活情状，委婉动人。词中所写多为寻常之事、自然之情，淡淡推出，却有扣人心弦之效。

“病起萧萧两鬓华”，词中系相对病前而言，因为大病，头发白了许多，而且掉了不少。下面接写了看月与煎药。因为还没有全好，又夜里，作者做不了什么事，只好休息，卧着看月。以豆蔻熟水为饮，即含有以药代茶之意。这又与首句呼应。人儿斜卧，缺月初上，室中飘散缕缕清香，一派闲静气氛。

下片写白日消闲情事。观书、散诗、赏景，确实是大病初起的人消磨时光的最好办法。“闲处好”一是说这样看书只能闲暇无事才能如此；一是说闲时也只能看点闲书，看时也很随便，消遣而已。对一个成天闲散在家的人说来，偶然下一次雨，那雨中的景致，却也较平时别有一种情趣。末句将木樨拟人化，结得隽永有致。本来是自己终日看花，却说花终日“向人”，把木樨写得非常多情，同时也表达了作者对木樨的喜爱，见出她终日都把它观赏。

鹧鸪天·寒日萧萧上锁窗

【宋】李清照

寒日萧萧上锁窗，梧桐应恨夜来霜。酒阑①更喜团茶②苦，梦断偏宜瑞脑③香。

秋已尽，日犹长，仲宣④怀远更凄凉。不如随分尊前醉⑤，莫负东篱菊蕊黄。

【注　释】

①酒阑：酒尽，酒酣。阑：残，尽，晚。
②团茶：团片状之茶饼，饮用时则碾碎之。宋代有龙团、凤团、小龙团等多种品种，比较名贵。
③瑞脑：即龙涎香，一名龙脑香。
④仲宣：王粲，字仲宣，汉末文学家，“建安七子”之一。
⑤随分：随便，随意。尊前：指宴席上。尊：同“樽”。

译　文

深秋惨淡的阳光渐渐地照到镂刻着花纹的窗子上，梧桐树也应该怨恨夜晚来袭的寒霜。酒后更喜欢品尝团茶的浓酽苦味，梦中醒来特别适宜嗅闻龙涎香那沁人心脾的余香。

秋天快要过去了，依然觉得白昼非常漫长。比起王粲《登楼赋》所抒发的怀乡情，我觉得更加凄凉。不如学学陶渊明，沉醉酒中以摆脱忧愁，不要辜负东篱盛开的菊花。

赏析

李清照的这首词是她晚年流寓越中时所作，其中表露的乡愁因和故国沦丧、流离失所的悲苦结合起来，忧愤更深。

上片叙事，写饮酒之实。开头两句写寒日梧桐，透出无限凄凉。“上”字写出寒日渐渐升高，光线慢慢爬上窗棂，含着一个时间的过程，表明作者久久地观看着日影，见出她的百无聊赖。梧桐早凋，入秋即落叶，“恨霜”即恨霜落其叶。草木本无知，所以，梧桐之恨，实为人之恨。从而借景抒情，绘出了作者的孤独和寂寥。因为心情不好，只好借酒排遣，饮多而醉，不禁沉睡，醒来唯觉瑞脑熏香，沁人心脾。三、四两句分

别着一“喜”字一“宜”字，似乎写欢乐，实际它不是写喜而是写悲。茶能解酒；特喜苦茶，说明酒饮得特别多；酒饮得多，表明愁重。“宜”表面似乎是说香气宜人，实则同首句的寒日一样，是借香写环境之清寂，因为只有清冷寂静的环境中，熏香的香气才更易散发，因而变得更深更浓，更能使人明显感觉到这香气。

下片写饮酒之因，是对上片醉酒的说明。“秋已尽，日犹长”写作者个人对秋的感受。“仲宣”句用典，以王粲思乡心情自况。这两句透露出词人孤身漂泊，思归不得的幽怨之情。深秋本来使人感到凄清，加以思乡之苦，心情自然更加凄凉。“犹”“更”这两个虚词，一写主观错觉，一写内心实感，都是加重描写乡愁。结句是为超脱语。时当深秋，篱外丛菊盛开，金色的花瓣光彩夺目，使她不禁想起晋代诗人陶潜“采菊东篱下，悠然见南山”的诗句，自我宽解起来：归家既是空想，不如对着樽中美酒，随意痛饮，莫辜负了这篱菊笑傲的秋光。本来是以酒浇愁，却又故作达观之想，而表面上的达观，实际隐含着无限乡愁。

转调满庭芳·芳草池塘

【宋】李清照

芳草[①]池塘，绿阴庭院，晚晴寒透窗纱。玉钩金锁，管是[②]客来唦[③]。寂寞尊前席上，唯愁海角天涯[④]。能留

否？酴醾[5]落尽，犹赖有梨花。

当年曾胜[6]赏，生香熏袖，活火分茶。极目犹龙骄马，流水轻车。不怕风狂雨骤，恰才称、煮酒笺花[7]。如今也，不成怀抱，得似旧时那？

【注　释】

①芳草：香草，一种能散发芬芳香气的植物。这里词人以芳草自喻，有忠贞贤德之意。
②管是：必定是，多半是。
③吵：语气词，相当于现在的啊。
④海角天涯：形容非常偏僻遥远的地方。这里借指被沦陷金统治的宋都的大好河山。
⑤酴醾（tú mí）：本是酒名，亦作“酴醾”，这里指花名。以花颜色似之，故取以为名。酴醾，属蔷薇科落叶小灌木，于暮春时（4-5 月）开花，有香气。
⑥胜：优美之意，一如今天的旅游胜地。
⑦笺花：比喻美妙的词章。

译　文

池塘生春草，庭院有绿荫，夕阳透过纱窗照射进来却带着一丝寒意。有人扣响门上的金锁，那定是有客人来了。可是坐上无客，杯中无酒，只愁这临安非我的故乡。能留住什么？酴醾花已经落尽，幸好还有梨花。

想当年我也是赏会的风流人物，常常因为点香熏香了袖子，在火上煮茶然后注入到大家的盏中。什么龙骄马，对我来说是轻车熟路的事。当年曾尽情享受生活，也不在意如今的狂风暴雨，依旧煮我的酒看这风雨后的残花。眼下，心情十分沉重，与从前那种无忧无虑的光景，不可同日而语。

赏析

李清照写这首词时已经54岁了，也就是南宋初期（1138年），李清照通过回忆当年的“胜赏”，将过去的美好生活和今日的凄凉憔悴作对比，寄托了故国之思。

池塘边香草芬芳，一片绿油油的庭院，有些阴凉。在这晴朗的傍晚，丝丝寒意侵透薄薄的窗纱。词人此刻的心思恰似池塘的水，在晴朗的傍晚，斜阳映红的表面，深藏着无边的思绪，有故国之思，有亲人之眷念，还有对朋友的向往。而这些都不在，自己就像香草一样，孤独的芬芳，在渐行渐浓的秋天里，逐日地凋零。弯弯的月牙点亮夜空，门上的金锁静静地低垂。如若往日，必定是有朋友来啊，我们一起赏月，浅酌低唱。南渡以后的李清照，经历了国破后的颠沛流离，相爱的丈夫已经离去。短短数语，不加修饰的白描，口语的信守拈来，浑然天成，凄凉憔悴之处境，让人不忍卒读。平淡的景致，穿透而来的是故国之思，没有深厚的语言驾驭能力是办不到的。古人之于月，可思、可念、可爱，更可恨和怨，无数关于月的诗词佳句不断。“寂寞尊前席上，唯愁海角天涯。能留否？”面对席上佳肴，突然总觉得少了些什么。美酒一杯一杯，寂寞一重又一重，万分的孤寂，想想沦陷的故国，似“海角天涯”，那么的遥远，不能触及的过往，又上心头。叫人不能释怀，不去想它！酴醾谢了，满地飘落，甚是惋惜，不过，还好有雪白的梨花开放，香气袭人，也算是一种安慰。人事全非，花开花落皆有意，花开人不在，花落情难留。片片飘落的不是花瓣，而是词人一颗破碎的心。

当年曾经美好的地方，赏心悦目，淡淡的花香熏衣袖，跳动的火苗，沸腾了水，闲情雅致地为朋友分茶。词人回忆当年“胜赏”的美好时光，带有花香的衣袖，守着火炉，等水沸腾，给友人分茶不过是在平常不过的事情，与今日寂寞尊前席上之凄凉憔悴形成鲜明的对比。说不尽的愁苦，来得这般跃然。信步走在大街上，远望繁华的都市，车如流水马如龙。当年宋都的繁华不言而喻，字里行间不经意流淌的是对故国深深的眷念，也有对软弱的朝廷的讥讽。哪管外面狂风骤雨，一样才思涌动，煮酒赋新词。南渡以前的李清照，笔下的闺情，天真淳朴，栩栩如生生，自然风光，让人迷恋忘返。“如今也，不成怀抱，得似旧时那？”而如今，物是今非，不敢想起那些美好的时光。

朝中措·先生筇杖是生涯

【宋】朱敦儒

先生筇杖①是生涯，挑月更担花。把住②都无憎爱，放行③总是烟霞。

飘然携去，旗亭④问酒，萧寺⑤寻茶。恰似黄鹂无定，不知飞到谁家？

【注　释】

①先生：作者的自称。筇（qióng）杖：即竹杖。
②把住：控制住。
③放行：出行。
④旗亭：代指酒楼。
⑤萧寺：佛寺。

作者名片

朱敦儒（1081—1159），字希真，洛阳人。历兵部郎中、临安府通判、秘书郎、都官员外郎、两浙东路提点刑狱，致仕，居嘉禾。有词三卷，名《樵歌》。朱敦儒获得“词俊”之名，与“诗俊”陈与义等并称为“洛中八俊”。

译文

我每日里携杖云游四海为家，秋夜赏月，春日品花。逢人见事不再起憎爱之心，把自己的身心都交付大自然的山水云霞。

飘飘然来去随心所欲，有时到酒肆里打酒，有时到萧寺里讨茶。我就像一只黄鹂栖飞不定，不知道明天又落到了谁家。

赏析

这首词开头一语是全词意蕴的形象的总概括。“筇杖”，乃竹杖；“先生”，乃自谓。词人把自己的晚年生活以“筇杖生涯”进行涵盖，就表明他已无心于世事，完全寄情于自然山水之间。“挑月更担花”写出了山野风情之美与身在山野的惬意。以竹筇挑月、担花既能令人想见他在花前月下悠然自得的神态，也可体味出词人吟风弄月的情趣。“把住都无憎爱，放行总是烟霞”二句仍是承“筇杖”的意象进行生发，前句以“把住”筇杖作为眼前社会现实的象征，词人看透了世事的云翻雨覆，对它们已无所谓爱憎可言，后句把倚杖而行作为他对生活的向往。他所行之处烟霞缭绕，不啻是他理

想生涯的寄托。词人在“筇杖”这一意象上该是凝聚很多思想情感，寄寓了十分丰富的意蕴。

下片仍承“竹筇”的意象进行放逸之情的抒发。“飘然携去”之句就是写他倚杖而行的处处踪迹，他携着它（筇杖）到“旗亭问酒”，到“萧寺寻茶”，一“寻”一“问”暗示词人生计的清寒，神情潇洒落拓。结尾二句尤为妙笔，词人比喻自己是一只飞止无定的黄鹂，性之所至不知会飞到谁家，朱教儒晚年风趣诙谐，以活泼小巧的黄鹂自喻，表现作者有一颗天真的赤子之心。

这首词是朱敦儒的晚年之作，全词表现了一种出尘旷达的悠闲境界。

监郡吴殿丞惠以笔墨建茶各吟一绝谢之·茶

【宋】林逋

石碾轻飞瑟瑟尘[①]，乳花烹出建溪[②]春。
世间绝品人难识，闲对茶经忆古人。

【注　释】

①瑟瑟：碧色。尘：研磨后的茶粉（唐代中国茶为粉茶，也就是日本学去的抹茶，所以用尘来形容）。

②建溪：建溪即福建闽江的北源，长约两百千米。由南浦溪、崇阳溪、松溪合流而成，流经武夷山茶区与宋朝时著名的北苑茶区。在延平与富屯溪、沙溪汇合后成为闽江。因此建溪茶指的就是北苑贡茶与武夷岩茶等闽北所产之茶。

作者名片

林逋（967—1028），字君复，后人称为和靖先生、林和靖，汉族，奉化大里黄贤村人，北宋著名隐逸诗人。林逋隐居西湖孤山，终生不仕不娶，唯喜植梅养鹤，自谓“以梅为妻，以鹤为子”，人称“梅妻鹤子”。今存词三首，诗三百余首。后人辑有《林和靖先生诗集》四卷。故宫绘画馆藏有所书诗卷。

译　文

石碾在碾碎茶饼时，轻轻地扬起了那淡香的茶尘。煎茶时，沸腾的茶汤表面上浮动着的美妙白沫，有如乳花一般透着建溪春天的气息。这世间绝品一般的建溪之茶，不知世上有几人与之相知相识？我品着如此的好茶，闲适地读着茶圣陆羽的《茶经》，遥思着古代那些清高淡雅的嗜茶之人。

赏析

林逋这样的隐士，没有太多世俗的牵绊，评论起茶来，一定是发自内心的本真，即没有真正感动他的茶，他是不会动笔为其作诗的。从这个角度来说，建溪之茶是深深感动过他的，因此才有了他那脍炙人口的咏茶诗。我们知道林逋生活在北宋早期。在那个时候，建溪之茶就被誉为了“世间绝品”，而且是出自一个无欲无求的著名隐士之口，可见这建溪之茶，也即福建闽北一带的茶，在当时名声的响亮程度，以及品质的优秀程度。

临安春雨初霁①

【宋】陆游

世味年来薄似纱，
谁令骑马客京华②。
小楼一夜听春雨，
深巷明朝卖杏花。
矮纸斜行闲作草，
晴窗细乳③戏分茶④。
素衣⑤莫起风尘叹⑥，
犹及清明可到家。

【注　释】

①霁（jì）：雨后或雪后转晴。
②京华：京城之美称。因京城是文物、人才汇集之地，故称。
③细乳：茶中的精品。
④分茶：宋元时煎茶之法。注汤后用箸搅茶乳，使汤水波纹幻变成种种形状。
⑤素衣：原指白色的衣服，这里用作代称。是诗人对自己的谦称（类似于“素士”）。
⑥风尘叹：因风尘而叹息。暗指不必担心京城的不良风气会污染自己的品质。

作者名片

陆游（1125—1210），字务观，号放翁，汉族，越州山阴（今浙江绍兴）人，尚书右丞陆佃之孙，南宋文学家、史学家、爱国诗人。陆游一生笔耕不辍，诗词文具有很高成就。其诗语言平易晓畅、章法整饬谨严，兼具李白的雄奇奔放与杜甫的沉郁悲凉，尤以饱含爱国热情而对后世影响深远。其词与散文成就亦高，宋人刘克庄谓其词“激昂慷慨者，稼轩不能过”。有手定《剑南诗稿》85卷，收

诗9000余首。又有《渭南文集》50卷、《老学庵笔记》10卷及《南唐书》等。书法道劲奔放，存世墨迹有《苦寒帖》等。

译　文

如今的世态人情淡淡的像一层薄纱，谁又让我乘马来到京都作客沾染繁华？

住在小楼听尽了一夜的春雨淅沥滴答，明日一早，深幽的小巷便有人叫卖杏花。

铺开小纸从容地斜写着草书，在小雨初晴的窗边细细地煮水、沏茶、撇沫，试品名茶。

不要叹息那京都的尘土会弄脏洁白的衣衫，清明时节还来得及回到镜湖边的山阴故家。

赏析

临安城虽然春色明媚，但官僚们偏安一隅，忘报国仇，粉饰太平。作者便是在这种表面的升平气象和繁荣面貌中看到了世人的麻木、朝廷的昏聩，想到了自己未酬的壮志。于是，最终呈现给我们的这首《临安春雨初霁》，没有豪唱，没有悲鸣，没有愤愤之诗，也没有盈盈酸泪，有的只是结肠难解的郁闷和淡然的一声轻叹。

写下此诗的陆游时年已62岁，不仅长期官海沉浮，而且壮志未酬，这首清新的小诗中也点名了这一点。“小楼一夜听春雨，深巷明朝卖杏花”，春色正好，诗人能做的却只是“矮纸斜行闲作草”，写草书、品茶道。表面上看，是极闲适恬静的境界，然而在这背后，正藏着诗人无限的感慨与牢骚。

幽居初夏

【宋】陆游

湖山胜处放翁家，槐柳阴中野径斜。
水满有时观下鹭，草深无处不鸣蛙①。
箨龙②已过头番笋，木笔③犹开第一花。
叹息老来交旧尽，睡来谁共午瓯④茶？

【注　释】

①无处：所有的地方。鸣蛙：指蛙鸣，比喻俗物喧闹。
②箨（tuò）龙：竹笋的异名。
③木笔：木名，又名辛夷花，是初夏常见之物。其花未开时，苞有毛，尖长如笔，因以名之。
④瓯（ōu）：杯子。

译　文

湖光山色之地是我的家，槐柳树荫下小径幽幽。
湖水满溢时白鹭翩翩飞舞，湖畔草长鸣蛙处处。
新茬的竹笋早已成熟，木笔花却刚刚开始绽放。
当年相识不见，午时梦回茶前，谁人共话当年？

赏析

这首诗是陆游晚年居山阴时所作。八句诗前六写景，后二结情。全诗紧紧围绕“幽居初夏”四字展开，四字中又着重一个“幽”字。景是幽景，情亦幽情，但幽情中自有暗恨。

首句“湖山”总领全篇，勾勒环境，笔力开张，一起便在山关水色中透着一个“幽”字。次句写到居室周围，笔意微合。乡间小路横斜，周围绿荫环绕，有屋于此，确不失为幽居；槐树成荫，又确乎是“绕屋树扶疏”的初夏景象。这一句暗笔点题。颔联紧承首联展开铺写。水满、草深、鹭下、蛙鸣，自是典型的初夏景色。然上句“观”字，明写所见；下句却用“蛙鸣”暗写所闻。明、暗、见、闻，参差变化，且上句所言，湖水初平，入眼一片澄碧，视野开阔，是从横的方面来写。白鹭不时自蓝天缓缓向下飞翔，落到湖边觅食，人的视线随鹭飞而从上至下，视野深远，是从纵的方面来写。而白鹭悠然，安详不惊，又衬出了环境的清幽，使这幅纵横开阔的画面充满了宁静的气氛，下一“观”字，更显得诗人静观自得，心境闲适。景之清幽，物之安详，人之闲适，三者交融，构成了恬静深远的意境。从下句看，绿草丛中，蛙鸣处处，一片热闹喧腾，表面上似与上句清幽景色相对立，其实是以有声衬无声，还是渲染幽静的侧笔。而且，这蛙鸣声中，透出一派生机，又暗暗过渡到颈联“箨龙”“木笔”，着意表现，自然界的蓬勃生意，细针密线，又不露痕迹。“箨龙”就是笋；“木笔”，又名辛夷花，两者都是初夏常见之物。“箨龙”已经过去“头番笋”，则林中定然留有许多还没有完全张开的嫩竹；“木笔”才开放“第一花”，枝上定然留有不少待放的花苞。诗人展示给读者的是静止的竹和花，唤起读者想象的却是时时在生长变化中的动态的景物。

沁园春·孤鹤归飞

【宋】陆游

孤鹤[①]归飞，再过辽天，换尽旧人。念累累枯冢[②]，茫茫梦境，王侯蝼蚁，毕竟成尘。载酒园林，寻花巷陌，当日何曾轻负春。流年[③]改，叹围腰带剩[④]，点鬓霜新[⑤]。

交亲零落如云，又岂料、如今余此身。幸眼明身健，茶甘饭软，非惟我老，更有人贫。躲尽危机，消残壮志，短艇湖[⑥]中闲采莼[⑦]。吾何恨[⑧]，有渔翁共醉，溪友为邻。

【注　释】

①孤鹤：陆游自喻。
②累累：相连不绝的样子。冢（zhǒng）：坟墓。
③流年：流去的岁月，指光阴。
④围腰带剩：指身体变瘦，喻人老病。
⑤点鬓霜新：指两鬓已有白发。
⑥湖：此处指镜湖。
⑦莼（chún）：莼菜，又名水葵，水生宿根草本，叶片椭圆形，深绿色，味鲜美。
⑧恨：遗憾。

译　文

辽东化鹤归来，老人谢世，新人成长，已是物是人非。这一处处的荒凉的坟墓中躺着的人啊，曾经在生前有过多少美梦，无论王公贵戚还是寻常百姓，现在都化为尘土。曾经携带着美酒，来到春色满园的林园中，对酒赏景，也算没有辜负了大好的春光和自己的青春年华。时间飞逝，现在我已是身体瘦弱，双鬓花白了。

亲友都已四散飘零，哪里能料到如今只剩我一人返回家乡。幸

好现在眼睛还算看得见，身体还算健康，品茶也能够知道茶的甘甜，吃饭也还能够嚼烂。不要以为自己老迈了，还有许多的穷人生活不易。危机虽然侥幸躲过，然而壮志已经消残。回到家乡的日子里，乘着小舟，在湖中悠闲地采莼。我还有什么好遗憾的呢？现在我与渔翁饮酒同醉，与小溪旁的农民结为邻居。

赏析

起句是说辽东化鹤归来，老成凋谢，少者成长，使词人深切地感到人生无常。词人时隔九年重新回归故里，眼见故里的老人谢世，新人成长，“换尽旧人”，恍如隔世。一个“尽”字，表明了作者些许哀伤、些许无奈。这“哀伤”和“无奈”从下面的表述中我们可以看得更加清楚。“念累累枯冢，茫茫梦境”，这一处处的荒凉的坟墓中躺着的人啊，曾经在生前有过多少美梦，现在都随着他们的离世而断绝了。“念”在此处表达了词人的联想。有着词人对逝者的怀念和惋惜，有着对世事不公的愤懑，有着对人生短暂的叹息！“王侯蝼蚁，毕竟成尘”，词人面对“累累枯冢”告诉人们：在岁月面前，无论王公贵戚，平面百姓一律平等，最终都将化为尘土。这一切感想，作者是经过了宦海的多次沉浮，对生命价值的深切反思和沉重感悟。“载酒园林，寻花巷陌，当日何曾轻负春”，词人在感叹人生短暂的同时，脑海中又很自然地浮现出了过去美好生活的一个个回忆：他曾经携带着美酒，来到春色满园的林园中，对酒赏景；青年的时候，他也曾经在春意盎然中寻花问柳，没有辜负了大好的春光和自己的青春年华。但这种念头只是一闪而过，那毕竟是过去了的绮梦，老境来临，是摆在眼前的事实。当时已经53岁了的陆游不能不让人叹息。“流年改，叹围腰带剩，点鬓霜新。”光阴流得很快，现在我已经人瘦弱衰老了，双鬓已经花白了。承接上句，词人由衷地发出了日月如梭，过去已经一去不复返的感叹。

下片写了许多自慰语和旷达语，以掩饰心中的惆怅。“交亲散落如云，又岂料、而今余此身。”“交亲”即知交和亲友。知交和亲友像流云一般地飘散了。这里作者将人事的变换比作流云，因为云的变幻极快，所谓“风云变幻”，亲友都流散了，死的死，走的走。而今未曾料到的只剩下孤身单影，自己一个人回到了故乡。“又岂料、而今余此身”，与词的上片，“换尽旧人”相对应。故乡已经换尽旧人，唯有我未换，累累枯冢我还尚存人间。孑然一身回故乡，眼见亲友故交消亡了，面对累累枯冢，一种莫名的悲凉，怅惘之情，从词人心中油然而起，但作者还是极力安慰自己，“幸眼明身健，茶甘饭软”：幸好，我现在眼睛还算看得见，瘦弱的身体还算健康，品茶也能够知道茶的甘甜，吃饭也还能够嚼烂。这是标准的阿 Q 式的表白。紧接着这是阿 Q 式的无可奈何的自我标榜，词人又以“非惟我老，更有人贫”来宽慰自己：不要以为自己老迈了，还有许多的穷人活的比我更累呢。对陆游来说，作为一个离职的官宦，家尚有佣仆使女，一般的家务琐事无须他处理，而故乡的穷人就不同了。作者万里西归，为什么还总是那样戚戚不欢，一而再再而三地要用自慰来解脱呢？紧接着，作者做了回答：“躲尽危机，消残壮志”，原来陆游一生为官，志在恢复祖国的大好河山，希望自己能为祖国抗击金人的入侵而做出贡献。“短艇湖中闲采莼”，在“躲尽危机、消残壮志”，回到家乡的日子里，乘着小舟，在湖中悠闲地采莼。这里，陆游的采莼和其他人的采莼有着不同之处，词人并不缺乏美味的菜肴，他采莼主要还是在表现他的无奈，用来消磨时日。或者说他是去感受下湖采莼的乐趣。当然，自己采来自己尝鲜，也不乏美妙之处。结尾：“吾何恨，有渔翁共醉，溪友为邻。”我还有什么可以有遗恨的呢？现在我与渔翁饮酒同醉，与小溪旁的农民结为邻居，我感到这一切很满足了。这样的生活真的能让词人满足了吗？回答显然是否定的。词中“吾

何恨”三字透露了词人心中的不满。既然没有“恨”，又何必问。既然问了就应该是有恨。如果无恨，这问就显得无理；如果有恨，又是恨什么呢？词人没有回答，应该说是“王顾左右而言他”。这就更让人感到陆游心中有的是让他痛苦难耐的恨。

1178年秋，词人从四川回到了阔别了九年的故乡绍兴。故土久别重回，使词人产生对故乡的陌生感。上片，作者从久别重回故土发出了一系列的感叹。下片由时事变迁，年老体衰，但词人报国的“壮志”初衷未改，表现了词人不甘“溪友为伴”、老骥伏枥的豪情壮志。

渔家傲·寄仲高①

【宋】陆游

东望山阴②何处是？往来一万三千里。写得家书空满纸。流清泪，书回已是明年事。

寄语红桥③桥下水，扁舟何日寻兄弟？行遍天涯真老矣。愁无寐④，鬓丝⑤几缕茶烟⑥里。

【注　释】

①仲高：陆升之（1113—1174），字仲高，陆游的堂兄。
②山阴：今浙江省绍兴市，陆游的家乡。
③红桥：又名虹桥，在山阴近郊。
④愁无寐（mèi）：愁中失眠。
⑤鬓丝：形容鬓发斑白而稀疏。
⑥茶烟：煮茶时冒出的水汽。

译文

向东望故乡山阴在哪里呢？来回相隔有一万三千里。一封家书写满纸，流着两行思乡怀亲的眼泪。恐怕得到明年才能得回信。

遥问家乡红桥下的流水，何日才能驾扁舟到桥下寻找我的兄弟？我走遍天涯，已真的感到衰老疲惫。愁思满怀，长夜难寐。两鬓已白丝间黑发，在茶烟缭绕中虚度光阴令人悲。

赏析

上片起二句写蜀中与故乡山阴距离之远，为后文写思家和思念仲高之情发端。“写得家书空满纸”和“流清泪”二句，是为着写思家之情的深切。“空满纸”，情难尽；“流清泪”，情难抑。作者的伤感，深深地感染着读者。作者道不尽的酸楚，岂是“家书”能表述清楚的。“书回已是明年事”句，紧接写信之事，自叹徒劳。又呼应起二句，更加伤感。一封家信的回复，竟要等待到来年，这种情境极为难堪，而表达却极新颖。前人诗词，少见这样写。这一句是全词意境最佳的创新之句。这种句子，不可多得，也不能强求，须从实境实感中自然得来。

下片起二句，从思家转到思念仲高。“寄语红桥桥下水，扁舟何日寻兄弟？”巧妙地借“寄语”流水来表达怀人之情。红桥，在山阴县西七里迎恩门外，当是两人共出入之地，词由桥写到水，又由水引出扁舟；事实上是倒过来想乘扁舟沿流水而到红桥。词题是寄仲高，不是怀仲高，故不专写怀念仲高，只这二句，而“兄弟”一呼，已是情义满溢了。况寄言只凭设想，相寻了无定期，用笔不多，而酸楚之情却更深一层了。陆游离开南郑宣抚使司幕府后，经三泉、益昌、

剑门、武连、绵州、罗江、广汉等地至成都；又以成都为中心，辗转往来于蜀州、嘉州、荣州等地在奔波中年华渐逝，已年届五十，故接下去有“行遍天涯真老矣”之句。这一句从归乡未得，转到万里漂泊、年华老大之慨。再接下去二句：“愁无寐，鬓丝几缕茶烟里。”典故用自杜牧《题禅院》诗：“觥船一棹百分空，十岁青春不负公，今日鬓丝禅榻畔，茶烟轻飏落花风。”陆游早年既以经济自负，又以纵饮自豪，同于杜牧；而后老大无成，几丝白发，坐对茶烟，也同于杜牧。身世之感相同，自然容易引起共鸣，信手拈用其诗，如同己出，不见用典的痕迹。这三句是向仲高告诉自己的生活现状，看似消沉，实际则不然。因为对消沉而有感慨，便是不安于消沉、不甘于消沉的一种表现。

浣花女

【宋】陆游

江头女儿双髻丫[①]，常随阿母供桑麻。
当户夜织声咿哑[②]，地炉豆秸煎土茶。
长成嫁与东西家，柴门相对不上车。
青裙竹笥[③]何所嗟，插髻烨烨[④]牵牛花。
城中妖姝[⑤]脸如霞，争嫁官人慕高华。
青骊[⑥]一出天之涯，年年伤春抱琵琶。

【注　释】

①双髻（jì）丫：未成年的女子把头发编成小辫，盘于头顶左右两边。
②咿哑：织机声。
③青裙竹笥（sì）：喻嫁奁之菲薄也。笥：盛衣物的方形竹制盛器。
④烨（yè）：光彩夺目的样子。一作“灿”。
⑤妖姝（shū）：妖艳的女子。脸如霞：脸泛红貌。
⑥青骊（lí）：黑色的马。

译　文

江边有个姑娘头上梳着双角髻丫，常常跟着母亲每天采桑又是绩麻。

晚上纺线对着门儿纺车声音咿呀，地边炉上豆秸毕剥正在煎熬土茶。

长大以后离开爷娘嫁到附近人家，门对门儿几步就到不用乘车备马。

青布裙竹篾箱毫不伤叹低了身价，髻边插着牵牛花儿多么光彩焕发。

城里那些妖媚女子脸儿好似云霞，争着嫁给大官贵人慕他富贵荣华。

哪天丈夫骑着黑马远走海角天涯，年年春天哀愁忧伤独自弹着琵琶。

赏析

全诗十二句，大致可分为三个层次。

开头四句写浣花女的劳动生活。“双髻丫”一句，写浣花女子质朴单纯，带有一种真淳自然的风致，表现出生活中淡雅而未

雕饰的自然美。“常随阿母供桑麻”是从生活角度对浣花女子朴素自然之美的进一步充实。接下两句是具体写浣花女儿的劳动情景。夜阑人寂，充满活力的浣花女子正对着窗门摆弄着织机；机旁不远处，豆秸正在地炉中燃烧，煎在炉上的家制土茶散发出了一阵阵清香。炉火影影绰绰地映照出纺织女子在织机咿哑节奏之中那张宁静充实的面孔。这是一个富有情态的主体画面，有形有声，充溢着安然自得的欢乐，不但描摹了浣花女子的真实生活，而且从中透露了作者所品味到的生活真趣。这是诗的第一层。

中间四句写农村男女婚嫁风习。“长成嫁与东西家，柴门相对不上车”，是说浣花女儿与邻里男子成婚，彼此家门相对，不须油壁车马远道迎接，就可以过家为妇。“青裙竹笥何所嗟？插髻烨烨牵牛花。”写浣花女子的朴素淡雅与其所追求的真诚爱情相一致，从而使其本质在人格的和谐之中体现出了高度的审美内涵。“插髻烨烨牵牛花”这一鲜明形象中不仅包含了浣花女子欢乐的情态，而且表现了其别具一格的风韵，同时也暗示了诗人的审美情趣。这是诗的第二层。这一层与前一层相连，把浣花女儿的生活情趣与朴素本质，从外到内做了细致展示，也为作者进一步表达感情进行了从容铺垫。

末四句写了与此完全不同的另一种妇女，另一种婚嫁风尚，以及由这种婚嫁风尚带来的截然相反的另一种结局。“城中妖姝脸如霞，争嫁官人慕高华”一句，语气中明显带有诗人的鄙薄之情。“争嫁”写世俗的追逐，寓示了追逐着轻薄浮艳的性情；“慕高华”则直接写这种追逐的内在实质，表明了这些“脸如霞”的“城中妖姝”徒有美貌，却在势利的虚荣中湮没了自己的真情。这必然要酿就其生活的悲剧。那些荣华富贵的高官并不看重爱情，常常离家远游，结果只落得这些深闺佳人茕茕空房，在一曲曲幽怨的琵琶声中诉说自己的满腹怨恨。

在这首诗中，作者把自己的目光集中到浣花溪旁的农家女儿身上，带着一种宁静舒坦的心情观望着自己所描写的对象，从淡朴的欢悦之中，体味着生活浑厚的内涵。

岩居僧

【宋】赵师秀

开扉①在石层，尽日少人登。
一鸟过寒木，数花摇翠藤。
茗煎冰下水，香炷佛前灯。
吾亦逃名者，何因②似此僧。

【注　释】

①开扉：开门。扉，门扇。
②何因：什么缘故，为什么。

作者名片

赵师秀（1170—1219），永嘉（今浙江温州）人，字紫芝，号灵秀，亦称灵芝，又号天乐，人称“鬼才”，南宋诗人。赵师秀是“永嘉四灵”中较出色的诗人。诗学姚合、贾岛，尊姚、贾为“二妙”。所编《二妙集》选姚诗 121 首、贾诗 81 首。绝大部分是五言诗。

译　文

把门开在峭壁上，一天到晚很少有人能爬上来，
一只鸟飞过寒冷的枯木，好几朵花在翠藤上便摇曳起来。
煮茶使用的是寒冰下面的水，而香火居然燃着佛像前的灯。
我也是一个逃避名声者，什么原因使我看起来很像这岩居僧。

赏析

这首诗首联交代诗题。开扉于石层，所谓僻之又僻，本意即在避世，所以自然“尽日少人登”。这是说其居处之冷清。颔联描写鸟过藤动、藤动花落的情景，非常细腻。一个“过”字，乃反复推敲所得。一般说来，既是藤摇花落，就不当是“过”，而应是“落”或“飞起”。但在那样一个清寂的环境中，“过”字显然更能见出僧人的悠然自得，与世无争。因此，在艺术上更为真实。一个“寒”字，既是写实——树已深而复绕之以藤，当然清寒；又是写意——以此烘托僧人的心迹双寂。炼字炼句亦复炼意，而又出以平淡自然，反映了作者高超的艺术表现力。这是说其环境之清。颈联承上更具体地来写僧人的生活。煎茶而取冰下水，亦略同取梅上雪，意在寄托高洁的情怀。而于饮食之中唯言煎茶一事，则突出了其生活的清苦和心性的淡泊。“香炷佛前灯”一句，呼应题中“僧”字，若无此交代，则可能将主人公误认为隐士，而非僧人了。这又是说其生活之清。居处、环境、生活都写到了，题面已足，故尾联结以向往之情。这是以直接抒情的方式，进一步突出主题，使全诗在结构上成为一个有机的整体。

入直召对选德殿赐茶而退[①]

【宋】周必大

绿槐夹道集昏鸦，敕使[②]传宣坐赐茶。
归到玉堂[③]清不寐，月钩初照紫薇[④]花。

【注　释】

①入直召对：官员入宫朝见皇帝，回答皇帝提出的问题。周必大时为宰相。选德殿：南宋临安宫殿名。
②敕（chì）使：指太监。
③玉堂：翰林院。
④紫薇：落叶亚乔木，夏季开红紫色的花，秋天花谢。这里暗用唐开元元年（713 年），改中书省为紫薇省，中书令为紫薇令的典故。

作者名片

周必大（1126—1204），字子充，一字洪道，自号平园老叟。原籍管城（今河南郑州），至祖父周诜时居吉州庐陵（今江西省吉安县永和镇周家村）。南宋著名政治家、文学家，“庐陵四忠”之一。开禧三年（1207 年），赐谥文忠，宁宗亲书“忠文耆德之碑”。周必大工文词，为南宋文坛盟主。与陆游、范成大、杨万里等都有很深的交情。著有《省斋文稿》《平园集》等 80 余种，共 200 卷。

译　文

浓绿的槐荫夹护着宫道，树上落满归巢的乌鸦，天子下令让使臣传旨宣召我入宫赐座侍茶。

回到翰林院，我头脑清醒久久地不能够入睡，只见窗前弯弯如钩的新月刚好照亮那丛紫薇花。青布裙竹篾箱毫不伤叹低了身价，髻边插着牵牛花儿多么光彩焕发。

赏析

这首诗表达了臣子受到皇上召见的心态。诗写得含蓄而有味。

诗以“敕使传宣坐赐茶”一句与诗题照应，将事情始末一笔带过，这句是说，皇帝派出使者传令入宫，朝见时皇帝

赐茶款待，“归到玉堂清不寐”句则是抒写被召见后的思想活动。“归到玉堂”是直叙其事，“清不寐”是抒写情怀，“不寐”见其心潮起伏，“清”字是点睛之笔，反映出诗人此刻感清激动而不狂热，他在冷静地深深思索着朝政的得失；包含有国事重托的责任感在内，形象地展示了政治家的气度胸襟。

首句写景，写黄昏入宫途中所见；次句叙事，写诗人被召见选德殿的情景；第三句写诗人被皇帝召见后激动的心情。末句写深夜退回玉堂后所见，并暗用紫薇省典故。

首尾两句是绘景。首句写黄昏入宫途中所见，末句写深夜退回玉堂后所见。乍看只是随所见而书，似与“入直召对”没有直接关系。其实不然，其中有诗人的匠心在。夏季的槐树本散发着细细的幽香，而黄昏已至，又是绿槐夹道，就给作者以清幽、沉寂之感，而枝头上日暮返巢的乌鸦又为之涂上一层静穆的色彩，使画面色调偏于冷暗，景物中显示出的正是诗人被召见前肃穆的心情。

末句之景与此不同，画面上，开放的紫薇代替了绿槐，如钩新月代替了昏鸦，气氛虽同样清幽，但色调偏于明丽。从“初上”二字可知诗人是看着下弦的新月冉冉升上花梢的，正与上句之怀寐刀相照应。景物中所显示的是被召见后深沉而又充满希望和责任感的心情。

桑茶坑[1]道中

【宋】杨万里

晴明风日雨干时，
草满花堤[2]水满溪。
童子柳阴眠正着[3]，
一牛吃过柳阴西。

【注　释】

①桑茶坑：地名，在安徽泾县。

②草满花堤：此处倒装，即花草满堤。

③童子：儿童，未成年的男子。柳阴：柳下的阴影。诗文中多以柳荫为游憩佳处。

作者名片

杨万里（1127—1206），字廷秀，号诚斋，吉州吉水（今江西省吉水县黄桥镇湴塘村）人，南宋著名诗人、大臣，与陆游、尤袤、范成大并称为“中兴四大诗人”。因宋光宗曾为其亲书“诚斋”二字，故学者称其为“诚斋先生”。杨万里一生作诗两万多首，传世作品有四千二百首，被誉为一代诗宗。他创造了语言浅近明白、清新自然，富有幽默情趣的“诚斋体”。杨万里的诗歌大多描写自然景物，且以此见长。他也有不少篇章反映民间疾苦、抒发爱国感情的作品。著有《诚斋集》等。

译　文

雨后的晴天，风和日丽，地面上的雨水已经蒸发得无踪无影，小溪里的流水却涨满河槽，岸边野草繁茂，野花肆意开放。

堤岸旁的柳荫里，一位小牧童躺在草地上，睡梦正酣。而那头牛只管埋头吃草，越走越远，直吃到柳林西面。

赏析

这首诗描写了夏日江南田野水边的景色：刚下过一阵雨，暖日和风，溪水盈盈；河岸上，草绿花红，柳荫浓密。此处渲染出明媚、和暖的氛围，同时描绘了儿童牧牛与牛吃草的动态

画面，营造了生机无限的意境。全诗远景写意，着色粗放淋漓。近景写人，工笔勾勒，细致入微。诗中浸润着古典的静穆与纯净。

语言浅显易懂。首句写得平易，“晴明风日雨干时”，点明一个大晴天，雨后初晴之日，阳光透亮，风儿流畅，地面的积水正被阳光蒸发，被风儿吹干。一雨一晴，风调雨顺，又是农业生产的好时光。全句展示出的大自然不是死寂的，而是流动的。“草满花堤水满溪”，在这样好的气候条件下，小溪被雨水充盈了，水面和堤齐平，这种情景用“满”字是合适的，常见的；而以“满”字写堤上花儿草儿繁盛之状，原也不足为奇，但“满”在这里作为动词，仿佛青草有意识地去装点堤岸一般，这就生动有趣了。这样的“花堤”，正是放牛的好去处啊。

于是，诗人的眼睛发现了“童子柳阴眠正着”，童子在柳树的浓荫下酣睡。在诗的节奏上，第三句是个顿挫。前两句写的是自然界景物，都充满生气和动态，到了最有生命力的人（又是活泼可爱的孩子），却呼呼大睡，一动不动。轻快的诗歌节奏在这里仿佛停了下来，放慢了速度。然而，情绪上的顿挫，是为了推出第四句：“一牛吃过柳阴西。”童子的牛在哪儿呢？牛儿吃着吃着，已经挪到了柳阴的西边去了。因为牧童的安然静止睡眠，使牛儿得以自由自在地吃草，悠然地动着。画面因牛的活动，又活动起来。这样一静一动，和谐自然。这里把牧牛童子和牛的神态写活了，富有生活气息。

贺新郎·挽住风前柳

【宋】卢祖皋

彭传师[①]于吴江三高堂[②]之前钓雪亭，盖擅渔人之窟宅以供诗境也，赵子野[③]约余赋之。

挽住风前柳，问鸱夷[④]当日扁舟，近曾来否？月落潮生无限事，零落茶烟未久[⑤]。谩留得莼鲈依旧[⑥]。可是功名从来误，抚荒祠、谁继风流后？今古恨，一搔首。

江涵雁影梅花瘦，四无尘、雪飞云起，夜窗如昼。万里乾坤清绝处，付与渔翁钓叟。又恰是、题诗时候。猛拍阑干呼鸥鹭，道他年、我亦垂纶[⑦]手。飞过我，共樽酒。

【注　释】

①彭传师：词人好友，具体生平不详。

②三高堂：在江苏吴江。宋初为纪念春秋越国范蠡、西晋张翰和唐陆龟蒙三位高士而建。

③赵子野：名汝淳，字子野，昆山人。太宗八世孙，开禧元年（1205 年）进士。词人好友。

④鸱（chī）夷：皮制的口袋。春秋时范蠡协助越王勾践灭亡吴国后，泛舟五湖，弃官隐居，鸱夷子皮为范蠡的号。

⑤零落茶烟未久：缅怀唐代文学家陆龟蒙。

⑥谩（màn）留得莼（chún）鲈（lú）依旧：缅怀晋人陆龟蒙，其号天随子。

⑦垂纶（lún）：垂钓。

作者名片

卢祖皋（约 1174—1224），字申之，一字次夔，号蒲江，永嘉（今属浙江）人。南宋庆元五年（1199 年）中进士，初任淮南西路池州教授。今诗集不传，遗著有《蒲江词稿》一卷，刊入“彊村丛书”。诗作大多遗失，唯《宋诗记事》《东瓯诗集》尚存近体诗 8 首。

译文

伸手挽住那在风中飘摇的柳丝，询问那鸱夷子皮和当日的那叶扁舟，近来可曾到过这儿？陆龟蒙平时以笔床茶灶自随，不染尘嚣。时隔三百多年，在松江和太湖上漂荡，循环往复，年复一年。这位江湖散人当年的茶烟，似乎还零落未久呢。但天随子此时又在何方？可是世人往往都为功名利禄所误，手抚三高堂那荒败的祠堂，不知后世之中还有谁能继承三高那样的品性？古往今来，遗恨无穷，尽皆消泯于搔首之间。

空中飞过一行大雁，雁影倒映在江水中，江边梅花凋残，四野明洁，了无尘土，风起雪飞，洁白的雪色，映照得夜窗一片明净，恍若白昼。这清绝的万里乾坤，还是托付给渔翁钓叟的钓竿吧。这正好是激人诗兴、提笔吟诗的时候。猛然间我拍着钓雪亭的栏杆，呼唤着空中飞翔的鸥鹭，与它约定他年我也会来此做一个钓叟。鸥鸟的身影一掠而过，我们共饮着那樽清酒。

赏析

全词意境清新、优美，语言隽丽，表现出作者清俊潇洒的风格，是一首成功之作。主题是赋钓雪亭。在词的上片，作者纵情歌赞三高的高风亮节，以实写虚，先拓开境界。而以“抚荒祠、谁继风流后”一句，为下片即景抒怀歌咏钓雪亭这一主题奠定了根基。上片所咏，只是“山雨欲来”之前的衬笔。下片写钓雪亭上所见的江天夜雪的情景，以及作者和友人在观赏此景之后，对渔翁钓叟的艳羡，对水边鸥鹭的深情呼唤，对自己他年有志垂纶的衷心誓愿，才是本词的主体。此词有意在笔先、一唱三叹、情景交融、神余言外之妙。

满江红·夜雨凉甚忽动从戎之兴

【宋】刘克庄

金甲雕戈①，记当日、辕门②初立。磨盾鼻③、一挥千纸，龙蛇④犹湿。铁马晓嘶营壁冷，楼船⑤夜渡风涛急。有谁怜、猿臂故将军，无功级。

平戎策⑥，从军什⑦。零落尽，慵收拾。把茶经香传⑧，时时温习。生怕客谈榆塞⑨事，且教儿诵《花间集》⑩。叹臣之壮也不如人，今何及。

【注　释】

①金甲雕戈：金饰的铠甲，刻镂过的戈，形容武装的壮丽。
②辕门：军门，指李珏帅府。
③磨盾鼻：盾鼻是盾的纽。齐梁之际荀济入此，说当在盾鼻上磨墨作檄讨伐梁武帝萧衍。后以“磨盾鼻”喻军中作檄。
④龙蛇：原指草书飞动圆转的笔势和飞动的草书，后泛指书法、文字。
⑤楼船：战舰。
⑥平戎策：指平定外族的策略。这里指作者屡有奏疏陈述抗敌恢复方略。
⑦从军什：是指记录军中生活的诗篇。
⑧香传：即香谱，记香的品种、烧香的方法、器具等。
⑨榆塞：泛称边关、边塞。
⑩花间集：是五代十国时期编纂的一部词集，也是中国文学史上的第一部文人词选集，由后蜀人赵崇祚编辑。

作者名片

刘克庄（1187—1269），初名灼，字潜夫，号后村，福建莆田县（今福建省莆田市）人，南宋诗人、词人、诗论家。刘克庄于宋宁宗嘉定二年（1209年），因其父在朝中任职而荫补将仕郎，后历任靖安主簿、

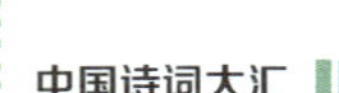

真州录事、建阳县知县、帅司参议官、枢密院编修官。淳祐六年（1246年），宋理宗因其久有文名，赐其同进士出身，后任秘书少监，官居工部尚书、建宁府知府。景定五年（1264年），以焕章阁学士之职致仕。咸淳五年（1269年）逝世，享年83岁，谥文定。刘克庄的诗属江湖诗派，作品数量丰富，内容开阔，多言谈时政、反映民生之作，早年学晚唐体，晚年诗风趋向江西诗派。词深受辛弃疾影响，多豪放之作，散文化、议论化倾向也较突出。作品收录在《后村先生大全集》中。

译文

想当初，在帅府，穿金甲持雕戈；军中作檄，挥笔写完千纸，笔墨都还未干。天刚黎明，寒气侵入，披着铁甲的战马已嘶鸣起来，奔赴战场；黑夜里，狂风呼啸，怒涛奔腾，高大战船正在抢渡。当年李广建功无数终降为庶人，有谁对这种不平之事表示同情呢？

那些抗敌恢复方略，记录军中生活的诗篇，只好任它散失殆尽，而懒得收拾了。只能靠焚香煮茗来打发时光了。现在就怕人谈边塞的事，暂且教儿女们诵读《花间集》吧。只是感叹自己壮年时就不如人，何况现在呢！

赏析

词的上片从回忆往日的军营生活写起。“记当日”点明这里所写的是对往事的回忆。诗人回忆开始担任军门工作时的威武的景象。“金甲雕戈”形容武装的壮丽。“辕门初立”，是说开始担任军门工作。“磨盾鼻”三句写出了诗人当年才华横溢，极为得意的精神状态。“一挥千纸，龙蛇犹湿”显示他草拟文书时，文思敏捷，笔走龙蛇，文不加点，倚马可待的超人才气。“铁马晓嘶营壁冷，楼船夜渡风涛急。”这两句脱胎于陆游《书愤》一诗的名句：“楼船夜雪瓜洲渡，铁马秋风大散关。”“晓嘶”“夜渡”，一写白天，一写夜间。表现强敌压境，战斗紧迫的程度。“铁马”这两句表现一种壮阔的战斗场面和肃杀的战斗气氛。“有谁怜”三句借用“李广难封”的典故说明自己虽曾踌躇满志，而终于无功而归，怨愤之情，溢于言表。这里作者以李广自况，自有不平之意。总的看来，词的上片的基调还是昂扬亢奋的。

下片抒写的是诗人愤郁塞胸时发出的悲凉深沉的哀叹。诗人此时废退之身，无路请缨，只能正话反说，倾诉内心的隐痛和愤慨了。对一个既是爱国诗人又是战士的人来说，平戎策，从军什，是战斗生活的记录，是珍贵的文献。一般都要编入专集传及后代的。有如勒石记功。可现在却都已零落殆尽而懒于收拾。“把茶经香传，时时温习。”即诗人只能靠焚香煮茗来打发时光了。“生怕客谈榆塞事，且教儿诵《花间集》”，这两句表面上是说诗人已作终老之想，无意复问边事，而用描写美女与爱情的《花间集》来教导儿女。现在不但诗人自己不谈“平戎”，而且唯恐客人谈及。这里着意写诗人过去遭遇留下的伤痛，是抱负难展的愤激之词！“叹臣之壮也不如人，今何及。”结语用春秋时郑大夫烛之武语。《左传》僖公三十年载：烛之武对郑文公说：“臣之壮也，犹不如人；今老矣，无能为也已。”这里意为虽有“从戎之兴”，无奈力不从心。表面上怨叹流年，实际上是感叹壮志未酬，不能一展抱负，用的是曲笔。

蓦山溪·自述

【宋】宋自逊

壶山居士[①]，未老心先懒。爱学道人家，办竹几、蒲团[②]茗碗[③]。青山可买，小结屋三间，开一径，俯清溪，修竹栽教满。

客来便请，随分[④]家常饭。若肯小留连，更薄酒，三杯两盏，吟诗度曲，风月任招呼。身外事，不关心，自有天公管。

【注 释】

①壶山居士：词人自号。居士：犹处士，古代称有才德而隐居不仕的人。
②蒲团：信仰佛、道的人，在打坐和跪拜时，多用蒲草编成的团形垫具，称“蒲团”。
③茗碗：煮茶用茶碗。
④随分：随便。

作者名片

宋自逊（约1200年前后在世），字谦父，号壶山，南昌人。生卒年均不详。文笔高绝，当代名流皆敬爱之。与戴复古尤有交谊。他的词集名渔樵笛谱，《花庵词选》行于世。

译 文

壶山居士，人还没有老心就懒散了。喜欢学道的人，家中里办了读写用的竹儿、憩坐用的蒲团、煮茗用的茶碗。有青山可以观赏。筑有小茅屋三间，再开辟一条小径，俯视溪水，将高大茂密的竹子栽满屋子的四周。

有客来请自便，随分吃一点家常饭。如果愿意小作停留，再置薄酒，喝它两三杯。吟咏诗歌、自制曲子，风和月任人招呼。身外之事。我都不关心，自会有天公去管。

赏析

词的上片主要写词人所处的生活环境。开始便自报家门，直叙心迹，态度散漫且老气横秋。“未老心先懒”，指词人还未曾衰老，却看透世情，失却斗争与进击之心的消极精神。颓莫大于心懒。然这种状态不会是天生如此，而或是人生灾厄、磨难使然。词人从自号、自诉心志到下文铺陈居处条件与处世态度，均浸染了道家的简淡无为。“爱学道人家”以下统承“心懒”而来，极言日常需求的简便。先言用物，“办”字领起，只办读写用竹几、煮茗用茶碗、憩坐用蒲团。次言隐居的生活环境，买青山一角，结草屋三间，小径通幽，清溪如带，绿竹绕宅。这里没有侯门深宅的楼台广厦、高车驷马、酒绿灯红，没有烦闹的送往迎来，没有无聊的笙歌宴集，没有不测而至的风云变幻。这里的主人可以焚香煮茗，倚竹闲吟，登山长啸，或垂钓清溪。假如人世间没有民族与家国利益需要去奋斗，这种生活方式也许无可厚非。然而这正是南宋倾覆前二三十年间，战云四合，血雨腥风，词人藏进青山，难免过于冷漠，过于忘情。

词的下片叙述自己待人处世的方式和态度。“客来便请”，一个“便”字，既无热情，亦不冷面拒人于千里。抽身世外而并不与世隔阻，清高中含着通达。“若肯小留连，更薄酒”，仍旧是待人以不即不离。词人老实道来，始终没有斩断与尘世关联的

尾巴。“吟诗度曲，风月任招呼”，既应开篇“懒”字，又呼出下文“不关心”云云，是说随意写点文词，吟风弄月，而决不关涉邦国民生。“身外事，不关心，自有天公管”是“风月任招呼”的进一步渲染。但说多了，似乎反出破绽，“不关心”反而像是并未忘怀。天公，天地造化；或另有人事所指。那么末句则是一种对于“管”者有所愤愤地讥诮。联系他也曾那样地想参与与投入，那么这消极里或都含着对于“管”者、统治者无能的愤愤之音。当然字里行间的这种声响极其微弱。

寒　夜

【宋】杜耒

寒夜客来茶当酒，竹炉[①]汤沸[②]火初红。
寻常一样窗前月，才有梅花便不同。

【注　释】

①竹炉：指用竹篾做成的套子套着的火炉。
②汤沸：热水沸腾。

作者名片

杜耒（？—1225），字子野，号小山，今江西抚州人，南宋诗人。尝官主簿，后入山阳帅幕，理宗宝庆三年死于军乱。其事迹见于《续资治通鉴》卷一六四。

冬夜有客来访，一杯热茶当美酒，围坐炉前，火炉炭火刚红，水便在壶里沸腾。

月光照射在窗前，与平时并没有什么两样，只是窗前有几枝梅花在月光下幽幽地开着。

赏析

这是一首清新淡雅而又韵味无穷的友情诗。整首诗语言清新、自然，无雕琢之笔，表现的意境清新、隽永，让人回味无穷。诗的前两句写客人寒夜来访，主人点火烧茶，招待客人；后两句又写到窗外刚刚绽放的梅花，使得今晚的窗前月别有一番韵味，显得和平常不一样。

书陆放翁诗卷后

【宋】林景熙

天宝诗人[①]诗有史，杜鹃再拜泪如水。
龟堂[②]一老旗鼓雄，劲气往往摩其垒[③]。
轻裘骏马成都花，冰瓯雪碗建溪茶[④]。
承平麾节半海宇[⑤]，归来镜曲盟鸥沙[⑥]。
诗墨淋漓不负酒[⑦]，但恨未饮月氏首[⑧]。
床头孤剑空有声，坐看中原落人手。

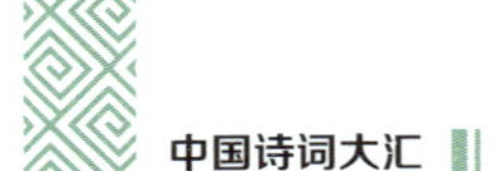

青山一发愁蒙蒙，干戈况满天南东。
来孙却见九州同，家祭如何告乃翁！

【注　释】

①天宝诗人：指杜甫。杜甫身历天宝年间安史之乱，所作有“诗史”之称。
②龟堂：陆游家堂名，他晚年即自号龟堂。
③劲气：指刚强正直的气概。摩其垒：迫近他的堡垒。
④冰瓯雪碗：透明洁白的茶杯。建溪：在福建，是产茶区。
⑤承平：治平相承；太平。麾（huī）节：旌旗与符节。此指做官。海宇：指海内、宇内。谓国境以内之地。
⑥镜曲：镜湖边。镜湖在陆游家乡绍兴。盟鸥沙：与鸥鸟为友，指过隐居生活。
⑦不负酒：没有辜负美酒。指喝了酒作出好诗。
⑧月氏（ròu zhī）：古西域国名。此以月氏代指金国。

作者名片

林景熙（1242—1310），字德暘，一作德阳，号霁山，温州平阳（今属浙江）人，南宋末期爱国诗人。林景熙作为雄踞宋元之际诗坛数十年的爱国诗人，是南宋遗民诗人的代表，与谢翱并称翘楚，同时是温州二千年历史中成就最高的诗人。其诗文风格幽婉，沉郁悲凉又不失雄放；论诗主张“诗文归一”“根于性情”。其创作成就和艺术造诣历来受到极高的评价。著有诗《白石樵唱》六卷、文《白石稿》十卷，后人编为《霁山集》，被文史学家称为“屈子《离骚》、杜陵诗史”。

译　文

天宝间的诗人杜甫，他的诗就是一部历史；他对着杜鹃鸟再次下拜，有感于国破民困，泪下如涓涓泉水。

龟堂老人陆游与杜甫旗鼓相当，所作诗有刚强正直的气概，直迫近杜甫的诗垒。

他穿着轻裘，骑着骏马，赏遍了成都城中的名花；又持着透明

洁白的茶杯，在建溪品尝着名茶。

天下太平，宦游的足迹到过国中的一半；辞官归来，隐居鉴湖，与白鸥为盟，度过了晚岁年华。

喝醉了酒随意挥洒，作出了高超的诗篇上万首；平生最大的遗憾，就是没能投身战场，亲手斩下敌酋的头。

床头挂着的宝剑白白地发出铿然声响，他只能眼睁睁看着中原大好河山落在敌手。

远远的青山如同一线，笼罩着蒙蒙哀怨；祖国的东南一带也燃烧着战火，恢复的大业已经成空。

陆游啊，你的后辈虽然见到了九州一统，可统治者是胡虏，在家祭时怎么开口禀告你这泉下的老翁？

赏析

全诗四句一韵，每韵为一段，表达一层意思。

第一段肯定了陆游在诗歌史上的地位，评价他相当于唐朝的杜甫。在写时，先标举杜甫的诗是诗史，然后举杜甫《杜鹃》诗中“杜鹃暮春至，哀哀叫其间，我见常再拜，重是古帝魂”句为例，说明杜诗反映了国家动乱，诗的宗旨是忠君爱国。在此定论下，再述陆游诗与杜甫旗鼓相当，性质相同，高屋建瓴地肯定了陆游。这样开场，避免了低手直接浅露的写法，从远处逗起，稳重自然。

第二段四句，概括陆游一生坎坷的经历。“轻裘骏马成都花”，写陆游在乾道年间在四川任职的一段经历。陆游在成都为官时，曾写过《花时遍游诸家园》等赏花诗，所以林景熙拈出看花一事，以概括他入川经历。“冰瓯雪碗建溪茶”，写陆游在福建事。陆游在淳熙年间任提举福建常平茶盐事，所以诗举饮茶事，既是因为福建是著名产茶区，陆游又官管茶叶收购，一语双关。这两句所写，一东一西，跨地极大，故用以代

陆游宦迹。以下便以“承平麾节半海宇”做一总写，然后说他晚年退隐家乡鉴湖。通过四句诗，有分有合，精练地概括了陆游的一生；“承平”二字，已将他难以报国的不得已隐藏在内，尤为春秋之笔。

第三段写陆游的报国雄心。承接上“承平”字，说他在承平时代无法实施自己的爱国抱负，上前线去杀敌，收复失土，只好沉湎诗酒，把满腔热忱通过诗歌表达出来；而他胸中时刻以未能手枭敌首为恨，所以空有豪情，眼睁睁地看着中原沦丧，无力挽救。这一段，隐曲地批判统治者苟且偷安，不图恢复，高度概括了陆游一生的心事。

末段四句，接入自己，把当前现实与陆游所处时代作对照。陆游当时是眼睁睁地看着沦陷的中原无力收复；林景熙所处的时候，中原依然沦陷，遥望北方，青山隐隐，笼罩在一片哀愁之中。更令人揪心裂肺的是，南宋偏安一隅的局面也已打破，国家已经灭亡，只剩下东南一带，还有残余的宋军在抵抗元人。因此，诗人感叹，国势已无法挽回，陆游的后裔确是见到了九州一统，然而是被敌人统一，他们在遵照陆游遗嘱家祭时又怎么向他禀告呢？

人月圆·山中书事

【元】张可久

兴亡千古繁华梦，诗眼[①]倦天涯。孔林[②]乔木，吴宫[③]蔓草，楚庙[④]寒鸦。

数间茅舍，藏书万卷，投老[⑤]村家。山中何事？松花酿酒，春水煎茶。

【注　释】

①诗眼：诗人的洞察力。
②孔林：指孔丘的墓地，在今山东曲阜。
③吴宫：指吴国的王宫。也可指三国东吴建业（今南京）故宫。
④楚庙：指楚国的宗庙。
⑤投老：临老，到老。

作者名片

张可久（约1270—1350），字小山（一说名伯远，字可久，号小山；一说名可久，字伯远，号小山；又一说字仲远，号小山），庆元（治所在今浙江宁波鄞州区）人，元朝重要散曲家、剧作家，与乔吉并称“双璧”，与张养浩合为“二张”。

赏析

这首元曲借感叹古今的兴亡盛衰表达自己看破世情、隐居山野的生活态度。全曲上片咏史，下片抒怀。开头两句，总写历来兴亡盛衰，都如幻梦，自己早已参破世情，厌倦尘世。接下来三句，以孔林、吴宫与楚庙为例，说明往昔繁华，如今只剩下凄凉一片。下片转入对眼前山中生活的叙写，虽然这里仅有简陋的茅舍，但有诗书万卷。喝着自酿的松花酒，品着自煎的春水茶，悠闲宁静，诗酒自娱，自由自在。

“兴亡千古繁华梦，诗眼倦天涯”二句总写兴亡盛衰的虚幻，气势阔大。诗人从历史的盛衰兴亡和现实的切身体验，即时间与空间、纵向与横向这样两个角度，似乎悟出了社会人生的哲理：一切朝代的兴亡盛衰，英雄的得失荣辱，都不过像一场梦幻，转瞬即逝。“孔林”三句具体铺叙千古繁华如梦的事实，同时也是“诗眼”阅历“天涯”所得。三句用鼎足对，

具体印证世事沧桑，繁华如梦的哲理：即使像孔子那样的儒家圣贤，吴王那样的称霸雄杰，楚庙那样的江山社稷，而今安在哉？唯余苍翠的乔木，荒芜的蔓草，栖息的寒鸦而已。

“数间”以后诸句写归隐山中的淡泊生活和诗酒自娱的乐趣。“茅舍”“村家”“山中”，既呼应题面《山中书事》，又突出隐居环境的幽静古朴，恬淡安宁：这里没有车马红尘的喧扰，而有青山白云、沟壑林泉的景致，正是“倦天涯”之后的宜人归宿。“藏书”“酿酒”“煎茶”，则写其诗酒自娱，旷放自由的生活乐趣。

折桂令·游金山寺[1]

【元】张可久

倚苍云绀宇[2]峥嵘，有听法神龙[3]，渡水胡僧。人立冰壶，诗留玉带[4]，塔语金铃。摇碎月中流树影[5]，撼崩崖半夜江声。误汲南泠[6]，笑杀吴侬，不记《茶经》。

【注　释】

①金山寺：又名龙游寺、江天寺，在镇江长江中的金山上（金山至清代方与南岸毗连）。

②绀（gàn）宇：佛寺，佛寺多以绀色琉璃做屋顶。

③听法神龙：北宋庆历间金山寺毁于火，寺僧瑞新发誓重建。相传有神龙化为人形前来听法，显身潜入金山下的龙潭，寺僧因得布施钱百万。

④诗留玉带：据宋范正敏《遁斋闲览》及《金山志》记载，金山了元佛印法师曾与苏轼参禅，苏轼赌败，留下玉带永镇山门。《苏轼诗集》卷二十四有《以玉带施元长老，元以衲裙相报，次韵二首》的诗作。

⑤中流树影：唐代张祜《金山》：“树影中流见，钟声两岸闻。”人以为传出金山的特色。

⑥误汲南冷：唐陆羽精于茶事，世称茶神。湖州刺史李季卿命军士汲取长江南泠水，煮茶请陆羽品尝，陆羽说茶瓶上半是江岸水，下半才是南泠水。召来军士一问，原来他们因汲得的水在舟中晃出了一半，所以临时在江岸边汲水补入。南泠，一作南零，在镇江附近的长江中心，陆羽品其水质为天下第七，《煎茶水记》则品为第一。

译文

高高的佛寺横空出世，直与浓云相傍。这里曾有神龙幻形前来听讲，还有从远道渡江到此的西域和尚。

游人置身于玉洁冰清的世界之中，忆起东坡留下玉带和诗篇的佳话，听那寺塔的金铃阵阵作响。

树影出现于长江的江心，摇碎了波面的月光。夜半的江涛，隆隆地震撼着崩坏的崖壁，势不可当。

昔时曾有军士拿江岸水冒充南泠水的情况，可笑如今的吴人，早已把《茶经》遗忘。

赏析

小令开篇即扣题，以三句写出了金山寺宏伟的外观与富有宗教色彩的精神内质。“苍云”是实景，又暗用《宝雨经》“乘苍云来诣佛所”的佛教语言；“听法神龙”“渡水胡僧”，则呈示了寺内的宗教气氛与巨大的感召力。龙、僧对举，当是受唐张祜《题润州金山寺》“僧归夜船月，龙出晓堂云”名联的启示，但在曲中更见形象。以下三句鼎足对，则度入了“游金山寺”的“游”。尽管与作者形象直接关联的仅有“人立冰壶”一句，但“诗留”“塔语”，也间接反映出诗人观景、怀古乃至诗兴遄发的景象。而此三句中，又进一步表现了金山寺的风物特色与文化内涵。这一切都从“风神”落笔，自觉气象不凡。

“摇碎月”一联为细染，对象为“树影”与“江声”。值得注意的是，诗人的写景突破了时间的限制，将眼前的实像都转移至夜间表现，这是为了取得更为完美、典型的艺术形象效果。从前文的“苍云”“冰壶”来看，作者的游览已近黄昏，这就为他进一步驰骋想象提供了条件。树影中流、江声撼崖，置于夜半“碎月”之中，更添一种苍莽悲郁的风调。作者的襟怀茫远、心潮澎湃，也于此间反映了出来。

末三句的“误汲南泠”云云，看似与本小令无关，实为眺望南岸所见景观的联想。时值黄昏，南岸人家汲水回家，一片熙熙攘攘的生活情景。他们的“汲水”是为了应付日常的需要，自然“不记《茶经》”，曲中的这一笔便点出了这一实质。然而，金山寺的游览却激起了诗人的无穷雅兴，所以要“笑煞吴侬”了。这三句巧妙地借用典故，为这快游的满足心态画上了句号。

采茶词

【明】高启

雷过溪山碧云暖①，幽丛半吐枪旗短②。
银钗女儿相应歌③，筐中摘得谁最多。
归来清香犹在手，高品④先将呈太守。
竹炉新焙未得尝，笼盛贩与湖南商。
山家不解种禾黍⑤，衣食年年在春雨⑥。

【注　释】

①雷过：犹雨过。碧云：青绿色的云彩。
②幽丛：指茶树。枪旗：茶芽未伸展开为枪，已伸展开，变成两片嫩叶为旗；皆取其形似。
③银钗：银头钗。相应歌，相互接应地唱山歌。
④高品：品位最高的，即最嫩、最鲜、最好的茶叶。
⑤山家：指山村的种茶人家。禾黍：指五谷等粮食作物。
⑥春雨：喻指春天采茶。

作者名片

高启（1336—1373），江苏苏州人，元末明初著名诗人，与杨基、张羽、徐贲被誉为“吴中四杰”，当时论者把他们比作“明初四杰”，又与王行等号“北郭十友”。字季迪，号槎轩，平江路（明改苏州府）长洲县（今江苏省苏州市）人；洪武初，以荐参修《元史》，授翰林院国史编修官，受命教授诸王。擢户部右侍郎。苏州知府魏观在张士诚宫址改修府治，获罪被诛。高启曾为之作《上梁文》，有“龙蟠虎踞”四字，被疑为歌颂张士诚，连坐腰斩。有《高太史大全集》《凫藻集》等。

赏析

开头两句展现出雨过天晴、碧云飘逸、溪山春暖、茶树吐翠的欢快美好的茶山景色。接下来两句写一群快乐的采茶女，一边唱着山歌，一边比赛着看谁摘的茶叶多。“归来”以下四句，说把采来的茶分成等级，最好的呈给太守，其他的卖给湖南茶商，自己舍不得尝。最后两句，写山家的茶农不懂种粮食作物，每年的衣食唯有依赖种茶。

浣溪沙·谁念西风独自凉

【清】纳兰性德

谁[①]念西风独自凉，萧萧黄叶闭疏窗[②]，沉思往事立残阳。

被酒莫惊春睡[③]重，赌书[④]消得[⑤]泼茶香，当时只道是寻常。

【注　释】

①谁：此处指亡妻。
②疏窗：刻有花纹的窗户。
③春睡：醉困沉睡，脸上如春色。
④赌书：此处为李清照和赵明诚的典故。此句以此典为喻说明往日与亡妻有着像李清照一样的美满的夫妻生活。
⑤消得：消受，享受。

作者名片

纳兰性德（1655—1685），满洲正黄旗人，字容若，号楞伽山人，清代最著名词人之一，原名纳兰成德，一度因避讳太子保成而改名纳兰性德。纳兰性德自幼饱读诗书，文武兼修，17岁入国子监，被祭酒徐元文赏识。18岁考中举人，次年成为贡士。康熙十五年（1676年）殿试中二甲第七名，赐进士出身。纳兰性德曾拜徐乾学为师。他于两年中主持编纂了一部儒学汇编——《通志堂经解》，深受康熙皇帝赏识，授一等侍卫衔，多随驾出巡。康熙二十四年（1685 年）农历五月，纳兰性德溘然而逝，年仅三十岁(虚龄三十有一)。纳兰性德的词以“真”取胜，写景逼真传神，词风“清丽婉约，哀感顽艳，格高韵远，独具特色”。著有《通志堂集》《侧帽集》《饮水词》等。

译文

是谁独自在西风中感慨悲凉，不忍见萧萧黄叶而闭上轩窗。独立屋中任夕阳斜照，沉浸在往事回忆中。

酒后小睡，春日好景正长，闺中赌赛，衣襟满带茶香。曾经美好快乐的记忆，当时只觉得最寻常不过，而今却物是人非。

赏析

上片写丧妻后的孤单凄凉。“谁念西风独自凉”从季节变换的感受发端。值此秋深之际，若在往日，妻子便会催促作者添加衣裳，以免着凉生病。但今年此时，已经与妻子阴阳两隔，她再也不能来为作者铺床叠被，问寒问暖地关心他了。这句反问的答案尽在不言之中，混合了期待与失望的矛盾情绪。“萧萧黄叶”是秋天的典型景象。在秋风劲吹之下，枯黄的树叶纷纷扬扬地通过窗户飘进屋内，给作者心头更添一层秋意。于是，他便关上窗户，把那触绪神伤的黄叶挡在窗外。窗户关上了，黄叶自然不会再来叨扰，但作者因此也同外界完全隔绝，因而处境更加孤独。孤寂的感受使作者触景生情。他独立在空荡荡的屋中，任夕阳斜照在身上，把身影拖得很长很长。这时，他的整个身心全部沉浸在对往事的回忆中。

下片很自然地写出了词人对往事的追忆。“被酒莫惊春睡重，赌书消得泼茶香”两句回忆妻子在时的生活的两个片段：

前一句写妻子对自己无微不至的体贴和关心，自己在春天里酒喝得多了，睡梦沉沉，妻子怕扰了他的好梦，动作说话都轻轻地，不敢惊动；后一句写夫妻风雅生活的乐趣，夫妻以茶赌书，互相指出某事出在某书某页某行，谁说得准就举杯饮茶为乐，以至乐得茶泼了地，满室洋溢着茶香。纳兰性德是个痴情的人，已是“生死两茫茫”，阴阳相隔，而他仍割舍不下这份情感，性情中人读来不禁潸然。伤心的纳兰性德明知无法挽回一切，只有把所有的哀思与无奈化为最后一句“当时只道是寻常”。这七个字更是字字皆血泪。卢氏生前，作者沉浸在人生最幸福的时刻，但他却毫不觉察，只认为理应如此，平平常常。言外之意，蕴含了作者追悔之情。

纳兰性德此词，上片是此时此地的沉思，下片是对往时往事的回忆；上片是纳兰性德此时此地的孤独，下片是纳兰性德和妻子在曾经的短短三年之中那一些短暂而无边的欢乐。

采桑子·冷香萦遍红桥梦

【清】纳兰性德

冷香萦遍红桥梦[①]，梦觉城笳。月上桃花，雨歇春寒燕子家。

箜篌别后谁能鼓，肠断[②]天涯。暗损韶华[③]，一缕茶烟透碧纱[④]。

【注　释】

①冷香：指清香之花气。红桥：桥名，在汀苏扬州，明崇祯时建，为扬州游览胜地之一。
②肠断：形容极度悲痛。
③暗损韶华：谓美好的青春年华暗暗地消耗了。韶华：美好的光阴，比喻青年时期。
④碧纱：绿纱灯罩。

译　文

清冷的花香浸透红桥上，多情人的旧梦，风停雨歇，一地残落的桃花润染着如水的月色。城楼上笳声隐隐传来，帘栊间燕子静静地栖息。

一别之后，箜篌空悬，等不到再能弹奏起的人，不禁黯然神伤。青春匆匆逝去。一缕苦涩的茶烟钻透碧纱。那是你散不去的思念吗？

赏析

这是一首伤离念远之作。

通读全词，词人用白描的手法，写春夜的景色，简练不失贴切，又用直抒胸臆的手法，写出夜色正浓时，无法逃避的怀念，烘托出春夜寂寥，人心寂寥的词意。

上片主要写景，描写春夜。“冷香萦遍红桥梦，梦觉城笳”，这两句写梦中与心爱的她在清香弥漫的红桥上相伴，而梦醒后却听到城头传来的胡笳呜咽的悲鸣。面对着萧萧雨夜，再也无法入眠，而雨声和着凄凉的乐曲声，更增添了几多愁结。词人用白描的手法，写春夜的景色，简练而贴切。词中虽未言愁，但愁却更深。

下片主要抒情，写别后的怀念。“箜篌别后谁能鼓”，自从分别之后，就再也没有人能为词人弹奏一曲。箜篌空悬，睹物思人，黯然神伤。而令人肠断者，不是无人会弹箜篌，而是怀念伊人远隔天涯。在相思的煎熬中，把美好的青春年华都逐渐消耗掉了，只留下那一缕茶烟透着碧纱。这种孤苦的情怀，词人又能向谁诉说，也只能把它诉诸笔端了。

沁园春·代悼亡

【清】纳兰性德

梦冷蘅芜①，却望姗姗，是耶非耶？怅兰膏渍粉②，尚留犀合③；金泥蹙绣④，空掩蝉纱⑤。影弱难持，缘深暂隔，只当离愁滞海涯。归来也，趁星前月底，魂在梨花。

鸾胶纵续琵琶。问可及、当年萼绿华⑥。但无端摧折，恶经风浪；不如零落，判⑦委尘沙。最忆相看，娇讹道字，手剪银灯自泼茶。令已矣，便帐中重见，那似伊家。

【注　释】

①蘅芜（héng wú）：香草名。

②兰膏：一种用来滋润头发的发油。渍粉：残存的香粉。

③犀合：用犀牛角制成的小盒子，用来装小的饰物。
④金泥：用金屑来装饰的工艺品。蹙（cù）绣：即蹙金，一种绣花方式，用金线绣出皱缩成线纹的花，华丽而美观。
⑤蝉纱：即蝉翼纱，轻薄如蝉翼，故名。
⑥萼绿华：传说中的女仙，本名罗郁，自言为九嶷山中的得道女子，此处代指亡妻。
⑦判：请愿。

译文

蘅芜香渐渐消散的烟气里，隐约看到你的身影，亦真亦幻。梳妆盒里仍有你未用完的胭脂，你的首饰与衣衫美丽依旧，看着这些我不禁怅惘良久。留不住你的身影，我们只能分别在两个世界，不，还是把我们的永诀当作远隔天涯海角的思念吧。梨花在星月清辉之下的秀美模样，仿如你魂魄归来。

即便我还可以续弦，但谁又及得上你？可恨命运无端将你从我身边夺去：我最常想起你陪我读书的时候，你为我亲剪灯花，和我赌赛书中的掌故，那是何等欢乐。幸福一去不返，纵然我隔着纱帐看到你缥缈魂魄的影子，但那毕竟不是真实的！

赏析

这是一首悼亡词。全词情味极佳，词人将自己绵密、深沉、复杂的情感付诸笔端，丝丝入扣，婉转低回，真挚感人，读来荡气回肠。

上片首三句，词人引汉武帝为李夫人招魂的典故，写自己在梦中与亡妻相会时忽然醒来，似真似幻，有种恍惚的错觉。接着，“怅兰膏渍粉，尚留犀合；金泥蹙绣，空掩蝉纱”四句，词人回看房中妻子旧日之物，睹物思人，感慨物是人非，不觉黯然神伤。“影弱难持，缘深暂隔，只当离愁滞海涯”

三句，词人发出深切的悲叹，但爱妻既已死别，纵使词人悲恸欲绝，高呼“归来也”，也无法唤回爱妻芳魂。星前月底，梨花树下，只有词人独自伫立惘然。

下片首三句，词人抒写了在爱妻逝去后，自己奉父母之命续娶官氏的感受。纳兰心念亡妻，虽续弦，却与官氏不甚和睦，所以更加追思已逝的爱妻。“但无端摧折，恶经风浪；不如零落，判委尘沙”四句，词情凄绝，如泣如诉，仿佛词人将满心悲戚之感和盘托出。再想起当年爱妻念书读错了字，被自己指出后就赌气泼茶，以及晚上亲手修剪灯芯的情状，那份亲昵、爱恋再也掩藏不住。但纵使情深似海，如今爱人逝去已成定局，词人无力回天，往事也已成空。即使帐中有一佳人，但此佳人也并不似亡妻，词人也就再无可以爱恋的人了。

浣溪沙·寄严荪友[1]

【清】纳兰性德

藕荡桥[2]边理钓筒[3]，苎萝[4]西去五湖[5]东。笔床茶灶太从容。

况有短墙银杏雨，更兼高阁[6]玉兰风。画眉闲了画芙蓉。

【注　释】

①严荪友：即严绳孙，字荪友，一字冬荪，号秋水，自称勾吴严四，复号藕荡渔人。

②藕荡桥：严绳孙无锡西洋溪宅第附近的一座桥，严绳孙以此而自号藕荡渔人。
③钓筒：插在水里捕鱼的竹器。
④苎萝：苎萝山，在浙江诸暨市南。
⑤五湖：即太湖。
⑥高阁：放置书籍、器物的高架子。

译 文

藕荡桥边你手执钓竿静坐沉醉其间，偶尔抬头，苎萝山就从西边出现，回首又看见太湖在东边流淌。于是，你执笔研磨，描画江山绿水、飞鸟香荷，更有旁边茶炉白烟袅袅、清香四溢。

斜斜细雨滋润着矮墙边的银杏树，书架上的玉兰花也散发出清新芳香，这样闲适而美好的日子，笑看她的容颜，执画笔轻扫蛾眉，然后一起泛舟湖上。

赏析

这首词从想象出发，深情满怀地描绘了南归故里的友人严绳孙的生活场景，从藕荡垂钓、五湖泛舟，到执笔挥墨、烹茶品茗，无不彰显着友人的隐逸生活，描绘出友人怡然自得、自在陶然的情态。纵览全词，词人采用了对写法，且全篇皆为想象之语，此种写法便显得更为深透，更好地表达出词人对南归友人的思念之情。画眉闲了画芙蓉桥边垂钓，五湖泛舟，纵情山水自得陶然之趣；寄情笔墨，烹茶品茗，身无旁骛平添从容之乐。一想那矮墙内银杏在雨中摇曳，高阁上玉兰在风中弥香，人生的恬淡、志趣的高远皆尽于此。更得佳人相伴，笔墨闲情之外平添画眉之乐，足以让人心神向往。

忆王孙·刺桐花底是儿家

【清】纳兰性德

刺桐[①]花底是儿家[②]，已拆秋千[③]未采茶。睡起重寻好梦赊[④]。忆交加[⑤]，倚著闲窗数落花。

【注　释】

①刺桐（tóng）：树名。亦称海桐、木芙蓉。落叶乔木，花、叶可供观赏，因枝干间有圆锥形棘刺，故名。
②儿家：古代年轻女子对其家的自称，犹言我家。
③已拆秋千：旧俗于寒食清明后拆秋千，表明是晚春时节。
④赊（shē）：渺茫、稀少。
⑤交加：谓男女相偎，亲密无间。

译　文

开花的刺桐树下就是我的家，秋千刚刚拆下新茶还未采摘。睡觉时做了好梦，只可惜醒来美梦却渺茫难寻。本想倚靠着闲窗，静数落花，但脑海里却满是关于两人在这窗前依偎看花的回忆。

赏析

这是一首怀人之作，写年轻女子期盼与心上人相守相聚的怀春之事。词人只轻轻几笔的勾画便使意象鲜明，境界全出。

首句点明主人公身份——年轻女子。“刺桐花底是儿家”，寥寥数语，听来无不给人以温柔旖旎、天真烂漫之感。接下

“已折秋千未采茶”一句，点明时令。古时，二月以后农事渐忙，故古人常于寒食清明后，拆掉秋千。秋千既拆，新茶未采，正是晚春时节。“睡起重寻好梦赊”，写少女春梦。醉眠之中，她做了好梦，但是醒后，美梦却渺茫难寻。“忆交加，倚著闲窗数落花。”这句“忆交加”点明了好梦乃是“交加”之梦。睡梦之中，全是与心上人相守相聚的情景，醒来之后，却只有回忆。本想倚靠着闲窗，静数落花，但脑海里却满是关于两人在这窗前依偎看花的回忆。

采桑子·桐庐[①]舟中

【清】陶元藻

浮家不畏风兼浪，才罢炊烟，又袅茶烟，闲对沙鸥枕手眠。

晚来人静禽鱼聚，月上江边，缆系岩边，山影松声共一船。

【注　释】

①桐庐：浙江桐庐，地处富春江畔。

作者名片

陶元藻（1716—1801），字龙溪，号篁村，又号凫亭，会稽（今浙江绍兴）人。乾隆贡生，九试棘闱，屡荐不得上。历游燕、赵、齐、鲁、扬、粤、瓯、闽之境。诗文均负盛誉。游京师，题诗旅壁，袁枚见而称

赏，为撰《篁村题壁记》。至广陵，为两淮转运使卢雅雨幕僚。卢大会名士70余人于扬州红桥，分韵赋诗，元藻顷刻成10章，莫不倾倒，时称“会稽才子”。不久归籍，在杭州西湖建泊鸥庄，专事著述，历30余年，著有《全浙诗话》54卷，《凫亭诗话》4卷，《越谚遗编考》5卷，《泊鸥庄文集》12卷，《越画见闻》3卷，斯盖专辑旧绍兴府属画人而各为之传，有乾隆六十年（1795年）自序。

赏析

词的上片写行舟江上。“浮家不畏风兼浪”，交代此次江上行舟的境与情——虽风急浪涌，然而“不畏”，以此境此情统摄上片。唯其“不畏”，故有“才罢炊烟，又袅茶烟”的雅兴。“才罢”“又袅”是说用餐、品茗紧相承续，这颇富雅趣的生活细节，十分传神地表现了作者从容之态、娴雅之情，而舟中不绝如缕的炊烟和茶烟，又似是作者怡然自乐的心绪的外化，情趣盎然。“闲对沙鸥枕手眠”，进一层绘出作者行舟中的恬然豁达之状。所谓“闲对沙鸥”，即寄“闲情”于沙鸥，让“闲情”与沙鸥一同遨游冥冥长空，又在沙鸥翱翔中玩味自己的“闲情”，作者在情与物的回环往复的交流中，化我为物，化物为我，乃至枕手而眠，沉入忘情之境。然而这一切都发生在“风兼浪”中，在风流中见“闲情”，益见其情之“闲”了。

下片写泊舟江边，“晚来人静禽鱼聚”点出泊舟的时间和情境，总领下片。“月上”承“晚来”，“缆系”承“人静”。天上的明月，地上的大江，江边的山岩，岩边的小舟和谐地共存于宁静的夜晚，这真是一幅层次井然的立体画，一支诱人遐想的小夜曲，在“风兼浪”尚且陶醉，“闲情”的作者，此时自然会融化于这静谧的画图和柔美的乐曲中，而与“山影松声共一船”了。进入此种境界便是“于相而离相”“于念而无念”，是非荣辱，利害得失都化作云烟消散了，从而获得了最大的精神自由。

雪中入直

【清】陈鹏年

六花[1]飞作帝城[2]春，
紫殿[3]金铺一色匀[4]。
万顷[5]镜中难看影，
九重[6]天上本无尘。
亚枝密想探梅路，
饥雀寒如寓直[7]人。
兽炭[8]龙团[9]皆拜赐，
同将雪水试茶新。

【注　释】

①六花：雪花。雪花结晶六瓣，故名。
②帝城：基本意思为京都，皇城。
③紫殿：帝王宫殿。
④匀：平均，使平均。
⑤万顷：百亩为一顷，常用于形容面积广阔。
⑥九重：指天门，高空。
⑦寓直：指寄宿于别的署衙当值。
⑧兽炭：泛指炭或炭火。
⑨龙团：紧压茶的一种形状。即指被压制成“团状”的普洱茶。

作者名片

陈鹏年（1663—1723），字北溟，又字沧州，湖南湘潭人，清代官吏、学者。康熙二十三年（1684年）举人，三十年进士。历官浙江西安知县、江南山阳知县、江宁知府、苏州知府、河道总督，卒于任。有《道荣堂文集》《喝月词》《历仕政略》《河工条约》等。

赏析

这首陈鹏年描写的雪水煮茶的古诗，是普洱茶在康熙年间已成为皇帝赏赐朝臣物品的重要证据。

在古代，茶人于取水一事，颇为讲究。还特别将泡茶的水分出了梅、兰、竹、菊四个等级。其中，“梅之水”又被奉为煮茶的上品之水。古人认为，雪，无瑕至纯，凝聚了天地灵气，以柴薪烧化雪水煮茶，其味更清冽，更具穿透力。

附录

郡斋平望江山

【唐】岑参

水路东连楚，人烟北接巴。
山光围一郡，江月照千家。
庭树纯栽橘，园畦半种茶。
梦魂知忆处，无夜不京华。

赏析

据史料记载，茶，发乎神农氏，闻于鲁周公，兴于唐而盛于宋。茶最初为药用，继而食用，至西汉，茶始做饮料，开始为宫廷贵族士大夫专有享用品。到唐代，茶已成为普通老百姓日常生活必需品，茶树也由野生变为大量由人工栽培，所以，岑参此诗中有“庭树纯栽橘，园畦半种茶”的描写。

暮秋会严京兆后厅竹斋

【唐】岑参

京兆小斋宽，公庭半药阑。
瓯香茶色嫩，窗冷竹声干。
盛德中朝贵，清风画省寒。
能将吏部镜，照取寸心看。

赏析

唐时茶饮之风盛行，不管是文人墨客、达官贵人，还是高人逸士、僧侣百姓，都爱饮茶，且成为一种时尚。此诗中所描绘的情景，实际上就是在严京兆后厅竹斋中的一次茶会。

九日与陆处士羽饮茶

【唐】皎然

九日山僧院，东篱菊也黄。
俗人多泛酒，谁解助茶香。

〔赏析〕

皎然既嗜茶，也善于烹茶、品茶，对茶事也颇有研究，是陆羽志同道合、兴趣一致的好友。他人重阳节东篱把酒赏菊，又有几人能理解并领会到重阳节品茗赏菊的志趣呢？

焙茶坞

【唐】顾况

新茶已上焙，旧架忧生醭。
旋旋续新烟，呼儿劈寒木。

〔赏析〕

顾况好茶，对茶事颇有研究，曾著《茶赋》一首，称颂茶能“滋饭蔬之精索，攻肉食之膻腻，发当暑之清吟”。此诗所言焙茶，是用微火烘烤茶叶，是古时茶叶加工技术之一。据《茶录》载其法为：先将茶叶用嫩的香蒲叶裹起，置于洁净的铁锅内，上盖一圆形竹编以收火。火在锅下尺许，使铁锅保持常温，水分逐渐蒸发，而茶叶色香味俱在。

凭周况先辈于朝贤乞茶

【唐】孟郊

道意勿乏味，心绪病无悰。
蒙茗玉花尽，越瓯荷叶空。
锦水有鲜色，蜀山饶芳丛。
云根才翦绿，印缝已霏红。
曾向贵人得，最将诗叟同。
幸为乞寄来，救此病劣躬。

赏析

孟郊一辈子时乖运蹇，穷困潦倒。他喜欢饮茶，但“蒙茗玉花尽，越瓯荷叶空”，苦于无茶可饮，只好请周况先辈向在朝为官的达官贵人讨要，“幸为乞寄来，救此病劣躬”。由此也可看出唐代饮茶风气之盛。

茶　岭

【唐】张籍

紫芽连白蕊，初向岭头生。
自看家人摘，寻常触露行。

本诗描述的是茶农清晨踩着露水，上山采摘茶叶的辛苦劳动场景。

尝　茶

【唐】刘禹锡

生拍芳丛鹰嘴芽，老郎封寄谪仙家。
今宵更有湘江月，照出菲菲满碗花。

赏析

刘禹锡此诗中的“鹰嘴芽”，应是当时的一种名贵茶叶。古代茶以白色为上品，冲泡后以青白色为最佳。“照出菲菲满碗花”，也说明此茶质量上乘，非同一般。

睡后茶兴忆杨同州

【唐】白居易

昨晚饮太多，嵬峨连宵醉。
今朝餐又饱，烂漫移时睡。
睡足摩挲眼，眼前无一事。
信脚绕池行，偶然得幽致。
婆娑绿阴树，斑驳青苔地。
此处置绳床，傍边洗茶器。
白瓷瓯甚洁，红炉炭方炽。
沫下曲尘香，花浮鱼眼沸。
盛来有佳色，咽罢余芳气。
不见杨慕巢，谁人知此味。

赏析

酒喝多了，饭吃得太饱，又睡得昏天黑地。起来无事，信步池边，正需要醒酒、消食、除腻、驱睡的茶饮。于是，设置绳床，洗涤茶具，生起茶炉，煎茶品赏。这种茶，“盛来有佳色，咽罢余芳气”，这种美好的滋味与感受，可惜没有你杨同州陪伴在一起，谁能体会得到呢？

品茶饮酒，确实要有志趣相投的好友在一起，才有格外的兴趣和韵味。

招韬光禅师

【唐】白居易

白屋炊香饭，荤膻不入家。
滤泉澄葛粉，洗手摘藤花。
青芥除黄叶，红姜带紫芽。
命师相伴食，斋罢一瓯茶。

赏析

白居易任杭州刺史时，与灵隐山韬光寺的高僧韬光禅师过从甚密。一次，白居易精心备下素斋，并写下此诗，派人送给韬光禅师，邀他进城共同进餐。韬光禅师也回诗一首，名为《谢白乐天招》，婉辞谢宴。诗云："山僧野性好林泉，每向岩阿倚石眠。不解栽松陪玉勒，唯能引水种金莲。白云乍可来青嶂，明月难教下碧天。城市不能飞锡去，恐妨莺啭翠楼前。"于是，白居易只好经常光顾韬光寺，与韬光大师汲水烹茗，吟诗论文。当年白居易与韬光大师汲水烹茗的水井谓之烹茗井。

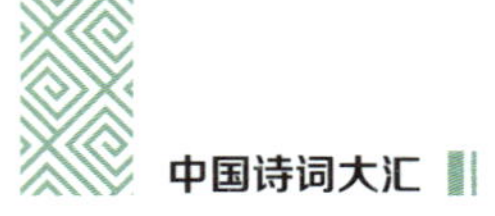

萧员外寄新蜀茶

【唐】白居易

蜀茶寄到但惊新，渭水煎来始觉珍。
满瓯似乳堪持玩，况是春深酒渴人。

赏析

四川多高山密林，雨水充沛，茶叶生长具有得天独厚的自然环境，因此，四川多产名茶、好茶。萧员外寄来蜀产新茶，白居易烹煎品尝，把持玩赏，十分高兴，特作此诗以表谢意。

新茶咏寄上西川相公二十三舅大夫二十舅

【唐】卢纶

三献蓬莱始一尝，日调金鼎阅芳香。
贮之玉合才半饼，寄与阿连题数行。

赏析

在唐朝，由于统治阶级对饮茶的重视和倡导，饮茶之习蔚然成风，形成“举国之饮”“比屋皆饮”的局面，文人士大夫也将饮茶作为一种娱悦精神、修身养性的手段，视为一种高雅的文化体验过程。因此，亲朋好友之间寄赠新茶、咏诗酬谢也成了一种较普遍的文化现象。此诗即卢纶寄给在四川任职（“相公”“大夫”）的两位亲戚的酬答诗。

茶　岭

【唐】韦处厚

顾渚吴商绝，蒙山蜀信稀。
千丛因此始，含露紫英肥。

赏析

韦处厚喜饮茶，且善品茶。这首五言绝句，短短二十字，描述了唐时就颇负盛名的两种茶：一是产于浙江湖州顾渚山区的顾渚紫笋茶，该茶作为贡茶自唐代宗广德年间（763 年前后），至明洪武八年（1375 年）被“革罢”止，前后长达 600 余年之久；一是产于四川名山县蒙山地区的蒙顶石花，被列为当时 14 种贡茶的首位，蒙顶茶作为贡茶，历唐、宋、元、明，直至清代，长达 1000 余年，经久不衰。

东亭茶宴

【唐】鲍君徽

闲朝向晓出帘栊，茗宴东亭四望通。
远眺城池山色里，俯聆弦管水声中。
幽篁引沼新抽翠，芳槿低檐欲吐红。
坐久此中无限兴，更怜团扇起清风。

赏析

鲍君徽好茶饮，在《全唐诗》中仅存诗四首，便有两首涉茶。另一首为《惜花吟》：“枝上花，花下人，可怜颜色俱青春。昨日看花花灼灼，今朝看花花欲落。不如尽此花下欢，莫待春风总吹却。莺歌蝶舞韶光长，红炉煮茗松花香。妆成罢吟恣游后，独把芳枝归洞房。”本诗描述品茶时，一边远眺城池山色，一边近听急管繁弦的情景，表现出那种怡然自得的情景。

早春登龙山静胜寺

【唐】元稹

谢傅知怜景气新，许寻高寺望江春。
龙文远水吞平岸，羊角轻风旋细尘。
山茗粉含鹰嘴嫩，海榴红绽锦窠匀。
归来笑问诸从事，占得闲行有几人。

赏析

此诗为元稹贬谪江陵府士曹参军期间所作。同期还有一首诗，即《奉和严司空重阳日同崔常侍、崔郎中及诸公登龙山落帽台佳宴》："谢公愁思渺天涯，蜡屐登高为菊花。贵重近臣光绮席，笑怜从事落乌纱。萸房暗绽红珠朵，茗碗寒供白露芽。咏碎龙山归去号，马奔流电妓奔车。"两首诗都是描写元稹与同僚登荆州城西门外龙山游览的情景。一首写早春，一首是重阳节，但"山茗粉含鹰嘴嫩""茗碗寒供白露芽"两句中都有饮茶的描写。

雨中怀友人

【唐】贾岛

对雨思君子，尝茶近竹幽。
儒家邻古寺，不到又逢秋。

赏析

贾岛初为僧人，旅居长安，幸得京兆尹韩愈提携，后在青龙寺巧遇唐玄宗，谋得官职。这是贾岛在长安生活的写照。与古寺为邻，岁月在古寺的钟声中消逝。秋雨连绵，对朋友的思念之情就像那无尽的雨丝。诗人在长安赋闲多年，在优雅的品茗中不知消磨过多少时光。虽然一贫如洗，喝茶却十分讲究，“尝茶近竹幽”，贾岛体悟的不仅是饮茶的情趣，还进入到一种饮茶的境界。茶就是他客居长安的人生寄托，心灵驿站。

寄杨工部，闻毗陵舍弟自罨溪入茶山

【唐】姚合

采茶溪路好，花影半浮沉。
画舸僧同上，春山客共寻。
芳新生石际，幽嫩在山阴。
色是春光染，香惊日气侵。
试尝应酒醒，封进定恩深。
芳贻千里外，怡怡太府吟。

赏析

姚合（771—845），陕州峡石（今河南陕县南）人，唐代诗人，世称姚武功，其诗派也称“武功体”。所作诗篇多写个人日常生活和自然景色。喜为五律，刻意求工，颇类贾岛，故“姚贾”并称。有《姚少监诗集》10卷。

这首诗既描绘了茶山的美好景色，也描写了茶叶的美好属性，还反映了茶的醒酒功效，表明了诗人对茶的爱好。

春日茶山病不饮酒因呈宾客

【唐】杜牧

笙歌登画船，十日清明前。
山秀白云腻，溪光红粉鲜。
欲开未开花，半阴半晴天。
谁知病太守，犹得作茶仙。

赏析

作者因奉诏督制贡茶，于清明节前十天便来到茶山。虽然身体有病，不能饮酒，但是这里有笙歌、美女和秀丽的溪光山色为伴，所以仍是十分快乐，认为自己已经成了茶仙。

题茶山

【唐】杜牧

山实东吴秀，茶称瑞草魁。
剖符虽俗吏，修贡亦仙才。
溪尽停蛮棹，旗张卓翠苔。

柳村穿窈窕，松涧渡喧豗。
等级云峰峻，宽平洞府开。
拂天闻笑语，特地见楼台。
泉嫩黄金涌，牙香紫璧裁。
拜章期沃日，轻骑疾奔雷。
舞袖岚侵涧，歌声谷答回。
磬音藏叶鸟，雪艳照潭梅。
好是全家到，兼为奉诏来。
树阴香作帐，花径落成堆。
景物残三月，登临怆一杯。
重游难自克，俯首入尘埃。

赏析

这是一首贡茶诗。写作者奉诏去顾渚修贡，并携全家的“茶之旅”。全诗分四个方面来描述。一是说作者因何来到茶山，二是茶山修贡时的繁华景象，三是茶山的自然风光，四是紫笋茶的入贡。作者是奉诏来到茶山监制贡茶的，他觉得修贡是一件美差。而且，是带了全家人一起来茶山，所以他还希望今后能旧地重游。茶山的热闹景象是河里船多，岸上旗多，山中人多，笑声多，歌舞多。窈窕女子，舞袖歌声，极视听之乐。茶山的自然风光又很美，经过茶农们的辛勤劳动，贡茶紫笋茶制成了，于是修具奏章，派出快马，急送京师，也许还能得到皇帝的赏赐。最后四句则表示惜别之情，与前面的欢乐情景形成对照。这首诗写得十分真切绮丽，为后人所传诵。

美人尝茶行

【唐】崔珏

云鬟枕落困春泥，玉郎为碾瑟瑟尘。
闲教鹦鹉啄窗响，和娇扶起浓睡人。
银瓶贮泉水一掬，松雨声来乳花熟。
朱唇啜破绿云时，咽入香喉爽红玉。
明眸渐开横秋水，手拨丝簧醉心起。
台时却坐推金筝，不语思量梦中事。

赏析

崔珏，字梦之，唐朝人。尝寄家荆州，登大中进士第，由幕府拜秘书郎，为淇县令，有惠政，官至侍御。其诗语言如鸾羽凤尾，华美异常；笔意酣畅，仿佛行云流水，无丝毫牵强佶屈之弊；修辞手法丰富，以比喻为多，恰到好处。诗作构思奇巧，想象丰富，文采飞扬。

此诗细致入微地描绘了美人睡后起来即煮茶、饮茶的情景，特别是“银瓶贮泉水一掬，松雨声来乳花熟，朱唇啜破绿云时，咽入香喉爽红玉”四句，把美人煮茶品茗的动作神态逼真形象地表现出来了。

蜀州郑使君寄鸟嘴茶因以赠答八韵

【唐】薛能

鸟嘴撷浑牙，精灵胜镆铘。
烹尝方带酒，滋味更无茶。
拒碾乾声细，撑封利颖斜。
衔芦齐劲实，啄木聚菁华。
盐损添常诫，姜宜著更夸。
得来抛道药，携去就僧家。
旋觉前瓯浅，还愁后信赊。
千惭故人意，此惠敌丹砂。

赏析

薛能（817—880），字太拙，河东汾州（山西汾阳市）人。晚唐大臣，著名诗人。癖于作诗，称赞“诗古赋纵横，令人畏后生”。著有《薛能诗集》十卷、《繁城集》一卷。

此诗为薛能收到郑使君从蜀州寄来的鸟嘴茶后所作的答谢诗。全诗从头至尾，通篇赞美此茶的精美清香。“得来抛道药”“此惠敌丹砂”两句，更盛赞此茶远胜道家为追求长生不老而炼就的灵丹妙药。

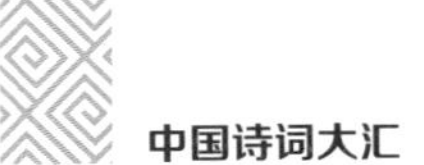

茶山贡焙歌

【唐】李郢

使君爱客情无已，客在金台价无比。
春风三月贡茶时，尽逐红旌到山里。
焙中清晓朱门开，筐箱渐见新芽来。
陵烟触露不停采，官家赤印连帖催。
朝饥暮匐谁兴哀，喧阗竞纳不盈掬。
一时一晌还成堆，蒸之馥之香胜梅。
研膏架动轰如雷，茶成拜表贡天子，万人争啖春山摧。
驿骑鞭声砉流电，半夜驱夫谁复见。
十日王程路四千，到时须及清明宴。
吾君可谓纳谏君，谏官不谏何由闻。
九重城里虽玉食，天涯吏役长纷纷。
使君忧民惨容色，就焙尝茶坐诸客。
几回到口重咨嗟，嫩绿鲜芳出何力。
山中有酒亦有歌，乐营房户皆仙家。
仙家十队酒百斛，金丝宴馔随经过。
使君是日忧思多，客亦无言征绮罗。
殷勤绕焙复长叹，官府例成期如何！
吴民吴民莫憔悴，使君作相期苏尔。

赏析

李郢，字楚望，长安人。大中十年，第进士，官终侍御史。诗作多写景状物，风格以老练沉郁为主。代表作有《南池》《阳羡春歌》《茶山贡焙歌》《园居》等，其中以《南池》流传最广。

此诗反映了唐时顾渚茶作为贡茶后给人民带来的痛苦。据《唐国史补》载：“长兴贡茶，限清明日到京，谓之急程茶。”当时朝廷为了及时得到顾渚新茶，规定贡茶限清明日到京，按浙北气候，顾渚茶最早也只能在春分时发芽，距清明仅十五日，从采摘到焙制，时间本已十分紧张，尚需从长兴至长安四千里路的运输，需日夜兼程，贡茶才能如期送到。这首长达三十七句的七言古风，详细地描述了催贡、采摘、焙制、解贡的全过程，客观真实地反映了由此给人民带来的疾苦。

咏茶十二韵

【唐】齐己

百草让为灵，功先百草成。
甘传天下口，贵占火前名。
百草让为灵，功先百草成。
甘传天下口，贵占火前名。
出处春无雁，收时谷有莺。
封题从泽国，贡献入秦京。

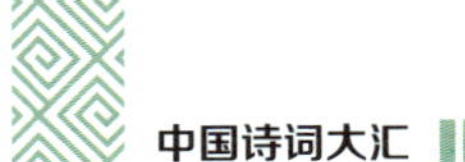

嗅觉精新极，尝知骨自轻。
研通天柱响，摘绕蜀山明。
赋客秋吟起，禅师昼卧惊。
角开香满室，炉动绿凝铛。
晚忆凉泉对，闲思异果平。
松黄干旋泛，云母滑随倾。
颇贵高人寄，尤宜别柜盛。
曾寻修事法，妙尽陆先生。

赏析

这首诗是写物述志诗，通过写茶来表达自己卓尔不群的志向及人格。

谢邕湖茶

【唐】齐己

邕湖唯上贡，何以惠寻常。
还是诗心苦，堪消蜡面香。
碾声通一室，烹色带残阳。
若有新春者，西来信勿忘。

赏析

此诗写出了诗人对贡茶邕湖含膏茶的喜爱，并向友人再索新春香茗。邕湖含膏茶，产于岳州（今岳阳），唐时贡品，故民间不可多得。

和钱安道寄惠建茶

【宋】苏轼

我官于南今几时，尝尽溪茶与山茗。
胸中似记故人面，口不能言心自省。
为君细说我未暇，试评其略差可听。
建溪所产虽不同，一一天与君子性。
森然可爱不可慢，骨清肉腻和且正。
雪花雨脚何足道，啜过始知真味永。
纵复苦硬终可录，汲黯少戆宽饶猛。
草茶无赖空有名，高者妖邪次顽懭。
体轻虽复强浮泛，性滞偏工呕酸冷。

其间绝品岂不佳，张禹纵贤非骨鲠。
葵花玉夸不易致，道路幽险隔云岭。
谁知使者来自西，开缄磊落收百饼。
嗅香嚼味本非别，透纸自觉光炯炯。
粃糠团凤友小龙，奴隶日注臣双井。
收藏爱惜待佳客，不敢包裹钻权倖。
此诗有味君勿传，空使时人怒生瘿。

赏析

建茶，即建溪茶，为古代名茶。建溪，原为河流名称，其源在浙江省，流入福建建瓯市境内。这一带山川峻极回环，势绝如瓯，盛产茶叶。南唐保大间，因此处所产之茶气味殊美，建北苑于此，焙制茶叶进贡。自壑源口起至沙溪止，茶叶产区甚多，各处所产质量相差也大，但合称建溪茶。苏轼此诗盛赞建茶："粃糠团凤友小龙，奴隶日注臣双井"。当时龙凤团茶、日注、双井等名茶与之相比，都相形见绌。

次韵黄夷仲茶磨

【宋】苏轼

前人初用茗饮时，煮之无问叶与骨。
浸穷厥味臼始用，复计其初碾方出。
计尽功极至于磨，信哉智者能创物。
破槽折杵向墙角，亦其遭遇有伸屈。
岁久讲求知处所，佳者出自衡山窟。
巴蜀石工强镌凿，理疏性软良可咄。
予家江陵远莫致，尘土何人为披拂。

赏析

这首诗主要介绍了茶臼、茶碾、茶磨等碾磨茶的器具，品茶人通常用这些工具将茶饼加工成茶末，同样我们亦可看出北宋对烹煮茶叶十分讲究，通过这三种茶器的反复捣碾研磨，才得到了煮茶所用的茶粉。

鸠坑茶

【宋】范仲淹

潇洒桐庐郡，春山半是茶。
新雷还好事，惊起雨前芽。

〔赏析〕

鸠坑茶，古称“睦州鸠坑茶”，也叫鸠坑毛尖，产于睦州（今浙江淳安县）鸠坑源鸠岭一带。由于产地自然生态环境优越，树种优良，芽叶肥壮，茶质重实，色泽翠绿，气味芬芳而带熟栗子香，滋味浓厚醇爽。该茶历史悠久，在唐代已负盛名，为唐代十四种贡茶之一，《唐国史补》列为第十三品。

澹庵坐上观显上人分茶

【宋】杨万里

分茶何似煎茶好，煎茶不似分茶巧。
蒸水老禅弄泉手，隆兴元春新玉爪。
二者相遭兔瓯面，怪怪奇奇真善幻。
纷如擘絮行太空，影落寒江能万变。
银瓶首下仍尻高，注汤作字势嫖姚。
不须更师屋漏法，只问此瓶当响答。
紫微仙人乌角巾，唤我起看清风生。
京尘满袖思一洗，病眼生花得再明。
汉鼎难调要公理，策勋茗碗非公事。
不如回施与寒儒，归续茶经传衲子。

赏析

此诗极写分茶之“巧”。分茶是宋代流行的一种烹茶方法，是点茶（今之泡茶）中讲究技巧，带有艺术性质的一种茶艺。诗中“怪怪奇奇真善幻”“纷如擘絮行太空，影落寒江能万变”“注汤作字势嫖姚”“不须更师屋漏法”等句，即证以宋人所撰《清异录》记载有一位叫福全的僧人“能注汤幻茶成一句诗，并点四瓯，共一绝句，泛于汤表”和陶谷《荈茗录》：“近世有下汤运匕，别施妙诀，使汤纹水沫成物象者，禽兽虫鱼花草之属，纤巧如画。但须臾即就散灭。”可见分茶能以技巧使汤面幻出字迹图形之类，故分茶又称“茶百戏”。此诗即是描述这种分茶的技巧景况。

临江仙·试茶

【宋】辛弃疾

红袖扶来聊促膝，龙团共破春温。高标终是绝尘氛。两厢留烛影，一水试泉痕。

饮罢清风生两腋，余香齿颊犹存。离情凄咽更休论。银鞍和月载，金碾为谁分？

赏析

这首词通过观察碾茶、泡茶时的从容精致和描述吃茶后两腋生风的切身感受来表达感伤。这首“饮茶词”可能写于早年征战词人在被罢官赋闲期间，远离了官场的倾轧，按理应该生活悠闲，但他年少时的愿望无法实现，空有光复山河的远大理想和一身武艺。这种悠闲对他来说类于一种精神的软禁和折磨。失意之后的无奈和悲哀跃然纸上，就如同茶萦绕于喉舌间一样。

夜汲井水煮茶

【宋】陆游

病起罢观书，袖手清夜永。
四邻悄无语，灯火正凄冷。
病起罢观书，袖手清夜永。
四邻悄无语，灯火正凄冷。
山童亦睡熟，汲水自煎茗。
锵然辘轳声，百尺鸣古井。
肺腑凛清寒，毛骨亦苏省。
归来月满廊，惜踏疏梅影。

〔赏析〕

诗人病后，夜长难眠，袖手而起，自己动手汲井水煮茗。通过病后夜晚汲井水煮茶整个过程细腻的描述，表明了作者对饮茶的浓厚兴趣。

临江仙·茶词

【宋】刘过

红袖扶来聊促膝，龙团共破春温。高标终是绝尘氛，两厢留烛影，一水试云痕。

饮罢清风生两腋，余香齿颊犹存，离情凄咽更休论，银鞍和月载，金碾为谁分？

〔赏析〕

刘过（1154—1206），字改之，号龙洲道人，吉州太和（今江西泰和）人。曾伏阙上书，力陈恢复方略，未被采纳而落魄江湖，宁宗时，曾为辛弃疾幕僚，常以词唱和。

古人咏茶诗词，固有闲情逸致，但更多的是通过咏颂茶的性情来抒发个人襟怀，借茶喻己，借茶明志。这首词就抒发了诗人忧国忧民、壮怀激烈，但又怀才不遇、壮志难酬的心情。

寒夜煮茶歌

【明】于谦

老夫不得寐，无奈更漏长。
霜痕月影与雪色，为我庭户增辉光。
直庐数椽少邻并，苦空寂寞如僧房。
萧条厨传无长物，地炉爇火烹茶汤。
初如清波露蟹眼，次若轻车转羊肠。
须臾腾波鼓浪不可遏，展开雀舌浮甘香。
一瓯啜罢尘虑净，顿觉唇吻皆清凉。
胸中虽无文字五千卷，新诗亦足追晚唐。
玉川子，贫更狂。
书生本无富贵相，得意何必夸膏粱。

赏析

于谦（1398—1457），字廷益，号节庵，官至少保，世称于少保，浙江杭州府钱塘县（今浙江省杭州市上城区）人。明朝名臣、民族英雄。有《于忠肃公集》。

寂静的寒夜，诗人“欲眠还反复”，于是煮茶消夜。此诗就是写煮茶的过程和品茗后的清静境界，表达了诗人旷达的情怀。

小 廊

【清】郑燮

小廊茶熟已无烟，折取寒花瘦可怜。
寂寂柴门秋水阔，乱鸦揉碎夕阳天。

赏析

郑板桥（1693—1766），原名郑燮，字克柔，号理庵，又号板桥，人称板桥先生，江苏兴化人，祖籍苏州。清代书画家、文学家。其诗书画，世称“三绝”，是清代比较有代表性的文人画家。

此诗写的是秋日闲居的情趣：山村夕照，群鸦乱飞，柴门寂寞，在小廊烹茶，一边品饮，一边欣赏折下来的具有清癯神态的茶花。茶树秋末开花，花很小，呈白色，故称“瘦可怜”。

这首诗通过对小廊下景色的描写，表达了一种寂寞、孤独的感觉。被折掉花的纤瘦花枝和诗人的心情一样寂寥，是诗人内心世界的写照。

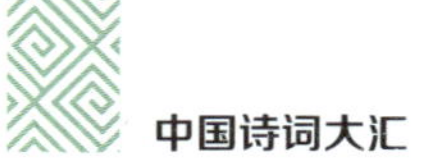

对陆迅饮天目山茶，因寄元居士晟

【唐】皎然

喜见幽人会，初开野客茶。日成东井叶，露采北山芽。
文火香偏胜，寒泉味转嘉。投铛涌作沫，著碗聚生花。
稍与禅经近，聊将睡网赊。知君在天目，此意日无涯。

赏析

这是一首茶诗诗僧皎然与好友陆迅、元晟在天目山饮茶后所作。前写天目山采茶之乐，中写品饮天目茶，后写茶禅一味。

天目山区产茶历史悠久，是我国的古老茶区之一。诗中对天目山茶的采摘、焙制、烹煮、品茗等环节均做了描述。由此也可知，早在1200多年前的唐中叶，天目山茶已闻名于世。明代屠隆在《考盘余事》中还将其列入全国茶叶六大佳品之一，与“龙井”“虎丘”“天池”“阳羡”“六安”齐驱，以贡品的身份登上大雅之堂。

酬黎居士淅川作

【唐】王维

侬家真个去，公定随侬否？
著处是莲花，无心变杨柳。
松龛藏药裹，石唇安茶臼。
气味当共知，那能不携手。

赏析

后人称李白为“诗仙”，杜甫为“诗圣”，王维崇尚佛教，是为“诗佛”。他在京师任尚书右丞期间，日饭数十名僧，以玄谈为乐，斋中无所有，唯茶铛酒臼、经案绳床而已。故王维诗中有很多佛教禅理。“居士”有两种意思，一为处士，古称有才德而隐居不仕的人；一为佛教用以称呼在家修道的佛教徒。从此诗中“著处是莲花，无心变杨柳。松龛藏药裹，石唇安茶臼”的诗句来看，黎居士应是在家修道的佛教徒。臼本为舂米的器具，一般用石头凿成。诗中“茶臼”，指用以捣碎紧压茶饼的器具。

月夜啜茶联句

【唐】

泛花邀坐客，代饮引情言。——陆士修
醒酒宜华席，留僧想独园。——张荐
不须攀月桂，何假树庭萱。——李崿
御史秋风劲，尚书北斗尊。——崔万
流华净肌骨，疏瀹①涤心原。——颜真卿
不似春醪②醉，何辞绿菽繁。——皎然
素瓷③传静夜，芳气清闲轩。——陆士修

赏析

这首啜茶联句，由六人共作，其中陆士修作首尾两句，这样总共七句。作者为了别出心裁，用了许多与啜茶有关的代名词。如陆士修用“代饮”比喻以饮茶代饮酒；张荐用的“华宴”借指茶宴；颜真卿用“流华”借指饮茶。因为诗中说的是月夜啜茶，所以还用了“月桂”这个词。

此诗为颜真卿在浙江湖州刺史任上时，邀友人陆士修、张荐、李崿、崔万、僧皎然六人月夜品茗时合作，表现的是一种名士风致。诗中反映出这些志同道合的好友，良宵美景一起饮茶论文的高雅情趣。

西山兰若试茶歌

【唐】刘禹锡

山僧后檐茶数丛，春来映竹抽新茸。
宛然为客振衣起，自傍芳丛摘鹰嘴。
斯须炒成满室香，便酌砌下金沙水。
骤雨松声入鼎来，白云满碗花徘徊。
悠扬喷鼻宿醒散，清峭彻骨烦襟开。
阳崖阴岭各殊气，未若竹下莓苔地。
炎帝虽尝未解煎，桐君有箓那知味。
新芽连拳半未舒，自摘至煎俄顷馀。
木兰沾露香微似，瑶草临波色不如。
僧言灵味宜幽寂，采采翘英为嘉客。
不辞缄封寄郡斋，砖井铜炉损标格。
何况蒙山顾渚春，白泥赤印走风尘。
欲知花乳清泠味，须是眠云跂石人。

赏析

这首诗是刘禹锡任朗州（今湖南常德）司马时所作。诗人嗜茶，在常德十年，盛赞西山寺背北竹荫处生长的好茶，把茶的采、制、煮、饮及其功效都描述得生动形象。常德在唐代就出产茶。诗中“斯须炒成满室香”一句，说明唐代少数地区出

现了炒青绿茶工艺，这是公认的我国炒青绿茶的最早史料，是很珍贵、很有价值的。迄今为止，制造绿茶仍是沿用炒青工艺，只是有所发展和创新。

诗歌前面十句，形象地描写了苏州西山炒青的制作情况。从描写的内容看，是诗人到寺庙去拜访和尚，和尚为了招待客人，立即到后檐的茶园采摘刚刚冒出新芽的“鹰嘴”，并且立即炒、煮，那煮出来的效果真是太好了：“骤雨松声人鼎来，白云满碗花徘徊。”鼎中茶水的沸腾声，如同松涛乍起；冲到碗里，茶的雾气就像白云一样缭绕，泡沫宛如花一样在碗中浮动。诗句通过比喻，生动形象地描写了炒青烹煮以后的美妙效果。诗人刚一闻见那扑鼻而来的香味，隔宿犹存的酒意就顿然消散了，胸中的烦恼也一扫而空了。这一段，细细描写整个过程，但是笔墨又很简练传神，诗人的赞美之意洋溢在字里行间。接下来的八句，诗歌宕开一笔，从茶树生长的地方写起，就是宋子娄《东溪试茶录》里说的：“茶宜高山之阴，而喜日阳之早。”虽然神农氏炎帝尝过百草，而饮茶是起于后世的，所以他不知道这种煎烹的方法。就是后代的陶弘景的《本草序》里说到的桐君，他著的《采药录》也只“说其花叶形色”，而不知其味道。言下之意，这种现采现炒的方法是今天的新创，所以他再次说道：“新芽连拳半未舒，自摘至煎俄顷余。”此为赞叹这种新方法的佳妙，既快又好。通过这种方法制成的炒青，它的香味连木兰沾露也赶不上，它的颜色比那临波瑶草还要碧绿，真是美不可言了。这一段着重赞美炒青方法的创造，诗人对和尚们的制茶技艺给予了高度评价，表示了景仰。

最后八句，作者变化手法，通过和

尚的口吻，介绍了炒青的特点，也是进一步赞美了炒青的佳妙。和尚说，它的最大特点就是要在我们寺庙这样幽寂的地方，用刚刚采来的新芽招待嘉宾，才能吃出它的美味。如果寄到您的郡斋，时间久了，又是用普通的井水和铜炉来烹煮，那就鲜味大减了。何况像四川那么远的蒙顶茶，还有浙江湖州顾渚山的紫笋茶，做好了远远地送来，经过长途风尘运输，茶叶也要受损，也没有新鲜味了。所以，和尚最后说："欲知花乳清泠味，须是眠云跂石人。"想要真正领略到这炒青的清醇味道，还得是像我这样眠于云间坐在石上的山区种茶人啊！诗歌到这里戛然而止，诗人不仅借和尚之口，赞美这山中"幽寂"之地的茶叶如何美好，还对幽栖隐居于山野的人，寄予了深深的理解。作者自从参加王叔文集团的政治革新，遭到贬官外放的打击以后，对于污浊的朝廷政治，也有了厌弃的感觉，他到苏州做刺史，也是戴罪之身，故而这首诗在一定程度上表现了他对隐居的向往，也含蓄地表明了他的政治态度。

这首诗的价值，一是提供了炒青的珍贵资料，二是它生动形象的描写，具有很高的艺术水准。两者天衣无缝地结合在一起，使得这首诗在茶叶史和诗歌史上，都具有无可替代的重要地位。

奉和袭美茶具十咏·茶坞

【唐】陆龟蒙

茗地曲隈回，野行多缭绕。
向阳就中密，背涧差还少。
遥盘云髻慢，乱簇香篝小。
何处好幽期，满岩春露晓。

赏析

这首诗是陆龟蒙根据皮日休的《茶中杂咏》十首诗所作的唱和之作，包括茶坞、茶人、茶笋、茶籯、茶舍、茶灶、茶焙、茶鼎、茶瓯、煮茶十首，几乎涵盖了茶叶制造和品饮的全部。这组诗词以诗人的灵感和丰富的辞藻，系统形象地描绘了唐代茶事的十幅精美画卷，对茶叶文化和茶叶历史的研究具有重要的意义。

本篇是组诗的第一篇，描述茶园的生态环境及规模。茶园处深山谷地，去茶园的路曲折回转、盘旋缭绕，并且诗中对茶园的方位和地理优势也有写明。

奉和袭美茶具十咏·茶籯

【唐】陆龟蒙

金刀劈翠筠，织似波文斜。
制作自野老，携持伴山娃。
昨日斗烟粒，今朝贮绿华。
争歌调笑曲，日暮方还家。

赏析

这是一首描写茶籯制作过程的诗句。“茶籯”是一种竹制、编织有斜纹的茶具。茶籯在茶圣陆羽的《茶经》也有记载，在后来的宋、明、清的茶史资料中也都有相关记载。随着时代的变化，茶籯这种携带方便的器具，逐渐演变为一种特色的茶具，受到茶人们的喜爱。

奉和袭美茶具十咏·茶焙

【唐】陆龟蒙

左右捣凝膏，朝昏布烟缕。
方圆随样拍，次第依层取。
山谣纵高下，火候还文武。
见说焙前人，时时炙花脯。

赏析

“茶焙”是我国唐宋制作名贵之茶的重要步骤。据《宋史·地理志》南唐在建安地区（福建西北部）有茶焙（制茶场所）。又依《茶录》记载说，茶焙是一种竹编，外包裹箬叶(箬竹的叶子)，因箬叶有收火的作用，可以避免把茶叶烘黄，茶放在茶焙上，要求温度小火烘制，就不会损坏茶色和茶香了。

奉和袭美茶具十咏·茶鼎

【唐】陆龟蒙

新泉气味良，古铁形状丑。
那堪风雪夜，更值烟霞友。
曾过赪石下，又住清溪口。
且共荐皋卢，何劳倾斗酒。

赏析

茶圣陆羽比陆龟蒙的生活年代早几十年，在陆羽所著的《茶经》中，并没有关于茶鼎的记载，由此我们可以推断，茶鼎应在公元800年以后才发明出来。

奉和袭美茶具十咏·茶瓯

【唐】陆龟蒙

昔人谢𡵓埞，徒为妍词饰。
岂如圭璧姿，又有烟岚色。
光参筠席上，韵雅金罍侧。
直使于阗君，从来未尝识。

赏析

此诗描写了茶瓯的外形特点。茶瓯是唐朝最典型的茶具之一，也有人称之为杯、碗。

奉和袭美茶具十咏·煮茶

【唐】陆龟蒙

闲来松间坐，看煮松上雪。
时于浪花里，并下蓝英末。
倾余精爽健，忽似氛埃灭。
不合别观书，但宜窥玉札。

赏析

这是一首关于扫雪煮茶的诗句。人在松间，用松上雪化水煎茶，颇有几分山野情趣。其实雪花落下，裹挟了空气中尘埃，并不洁净。诗人们寻觅的是诗情画意。

尝茶和公仪

【宋】梅尧臣

都篮携具向都堂，碾破云团北焙香。
汤嫩水轻花不散，口甘神爽味偏长。
莫夸李白仙人掌，且作卢仝走笔章。
亦欲清风生两腋，从教吹土月轮傍。

赏析

此诗题名尝茶，却因尝茶发生很多联想：第一句“都篮携具”言备好茶具，第二、三句则讲碾茶、烹煮过程；第四句是品尝后的感受，“口甘神爽”。于是，进一步联想到李白的有关仙人掌茶诗和卢仝的七碗茶诗，饮茶后的自己也觉得清风生两腋，飘飘欲仙了。

试院煎茶

【宋】苏轼

蟹眼已过鱼眼生，飕飕[①]欲作松风鸣。
蒙茸出磨细珠落，眩转绕瓯飞雪轻。
银瓶[②]泻汤夸第二，未识古人煎水意。
君不见，昔时李生[③]好客手自煎，贵从活火发新泉[④]；
又不见，今时潞公煎茶学西蜀[⑤]，定州[⑥]花瓷琢红玉。
我今贫病常苦饥，分无玉碗捧蛾眉[⑦]。
且学公家[⑧]作茗饮，砖炉石铫[⑨]行相随。
不用撑肠拄腹[⑩]文字五千卷，但愿一瓯常及睡足日高时。

赏析

诗人于试院中煎茶，谛听银瓶中沸腾的水声，凝视茶瓯中飞雪般的茶沫，浮想联翩。想到往昔李生（李约）好客亲自煎茶，讲究活火发新泉；又想到如今潞公（文彦博）煎茶学西蜀，定州花瓷琢红玉。而自己却处在贫病不得意之时，以砖为炉，石铫煎汤，表现出诗人一副清简孤寂之状，与李生、潞公二人形成鲜明对比。

诗人处于此种环境之中亦早已无所求，在感慨自身处境的同时，对饮茶也不敢再有过高的奢望。“但愿一瓯常及睡足日高时”一句最能体现诗人当时随遇而安的心态，一瓯茶，睡到日上三竿已足矣。

行香子·绮席才终

【宋】苏轼

绮席才终。欢意犹浓。酒阑时、高兴无穷。共夸君赐，初拆臣封。看分香饼，黄金缕，密云龙。

斗赢一水，功敌千钟。觉凉生、两腋清风。暂留红袖，少却纱笼。放笙歌散，庭馆静，略从容。

赏析

这首茶词，上片大赞皇上所赐贡茶，下片写斗茶和品茶的美妙感受。

宋朝时茶贡共十品，分龙茶、凤茶、京挺、的乳、石乳、头金、蜡面、头骨、次骨。龙茶进贡皇帝，赐执政亲王长主；皇族、学士、将师皆得凤茶；近臣赐京挺、的乳；馆阁赐白乳。

苏轼十分爱茶，（除酒以外）他与茶结缘终生，几乎到了嗜之成癖的地步。他还自觉地引茶入诗、入词、入文。在苏轼的咏茶诗词里，茶是优裕闲适生活的标志，是困顿仕途中的安慰，是真挚深厚友谊的纽带，亦是创作灵感兴会的媒介。苏轼的咏茶诗词还是反映民间疾苦，折射社会现实的一个载体，一把利刃。他以对茶的挚爱，为后人留下了一笔宝贵的茶文化遗产。